# UNIVERSITÉ D'ALGER

## LABORATOIRE DE CHIMIE APPLIQUÉE DE LA FACULTÉ DES SCIENCES

L. POUGET, Professeur de Chimie Appliquée.
T. LÉONARDON, Ingénieur agronome, Préparateur
D. CHOUCHAK, Agronome.

# AGROLOGIE DU SAHEL

## SAHEL D'ALGER

I

ALGER
TYPOGRAPHIE ADOLPHE JOURDAN
Imprimeur-Libraire-Éditeur
Place du Gouvernement

1913

# AGROLOGIE DU SAHEL

## SAHEL D'ALGER

### I

LABORATOIRE DE CHIMIE APPLIQUÉE DE LA FACULTÉ DES SCIENCES

I. POUGET, Professeur de Chimie Appliquée,

F. LÉONARDON, Ingénieur agronome, Préparateur,

D. CHOUCHAK, Agronome.

# AGROLOGIE DU SAHEL

## SAHEL D'ALGER

### I

ALGER

TYPOGRAPHIE ADOLPHE JOURDAN

IMPRIMEUR-LIBRAIRE-ÉDITEUR

Place du Gouvernement

1913

# AGROLOGIE DU SAHEL

## PREMIÈRE PARTIE
## SAHEL CENTRAL D'ALGER

### INTRODUCTION

Le Sahel est formé par l'ensemble des collines qui séparent la plaine de la Mitidja de la Méditerranée.

Il s'étend le long du rivage depuis l'embouchure du Nador jusqu'à celle de l'Harrach, formant : une bande relativement étroite du Nador au Mazafran, c'est le Sahel de Coléa (sa largeur varie de 3 à 7 kilomètres), un massif beaucoup plus épais au Sud-Ouest d'Alger (18 kilomètres dans la direction Nord-Sud passant par le Ras Acrata) c'est le Sahel d'Alger.

La superficie totale est de 800 kilomètres carrés environ, dont 540 sont couverts par le massif d'Alger.

Pour faire l'étude agrologique des terrains d'une région aussi étendue on doit nécessairement prendre pour guide la carte géologique.

On sait que le sol arable s'est formé aux dépens de l'assise géologique qui lui sert de support ; la désagrégation de la roche lorsqu'elle est compacte a été réalisée par les agents physiques ou chimiques, aidés ensuite par les plantes elles-mêmes qui s'y sont développées depuis son origine.

On conçoit donc que les sols provenant des roches (compactes ou non) qui appartiennent à la même formation géologique soient très analogues au point de vue agricole, les roches qui leur ont donné naissance étant en effet composées des mêmes éléments minéraux.

Cette première partie est consacrée à l'étude des terres de la région centrale du Sahel d'Alger, où l'on rencontre la plupart des formations géologiques qui le constituent.

L'extrait de la carte géologique, et le report qui l'accompagne, indiquent les formations étudiées ici, et les points où les échantillons ont été prélevés.

Il est nécessaire d'indiquer comment ces prélèvements ont été effectués :

On sait qu'une même formation géologique présente souvent des facies différents, caractérisés par des changements de couleur ou par des différences dans la constitution mécanique ; on s'est attaché à rechercher dans chaque formation les divers facies qu'elle présente. Comme on le verra plus loin, la composition chimique des échantillons pris dans la même formation ne varie que dans des limites très restreintes : *les résultats tirés des analyses peuvent donc être étendus aux régions de même formation qui ne figurent pas sur la carte ci-jointe.*

Une partie des échantillons a été conservée telle qu'elle était au moment de son prélèvement ; de telle sorte que le Laboratoire de Chimie Appliquée de la Faculté des Sciences peut, dès maintenant, donner sans aucun frais à beaucoup d'agriculteurs du Sahel, des indications sur la constitution chimique du sol qu'ils cultivent : il leur suffit de repérer sur la carte géologique la région qui les intéresse, dans les cas douteux la comparaison d'un échantillon avec ceux qui sont conservés permettra de lever les doutes, Cette comparaison est rendue plus facile, grâce au don fait par M. Marès, Directeur des Services Agricoles du Département d'Alger, de près de cinq cents échantillons de terres du Sahel dont l'origine est connue.

Il arrive assez souvent que les sols appartenant à deux formations géologiques distinctes, mais voisines, ne sont pas nettement séparés : on passe graduellement de l'un à l'autre.

Enfin, deux formations géologiques superposées peuvent affleurer sur la pente d'un même coteau, le ruissellement entraîne en partie les détritus de l'assise supérieure qui viennent se mélanger à ceux de l'assise inférieure, donnant ainsi en quelque sorte un terrain de transition entre les deux.

Toutes les fois que ces cas particuliers se sont présentés, on a prélevé des échantillons ; souvent aussi on en a pris dans les terres non défrichées, afin de se rendre compte de l'épuisement produit par la culture.

Ce travail n'a pu être entrepris que grâce à l'obligeance de M. Chouchak, qui a mis gracieusement son automobile à notre disposition ; en son absence MM Marès et Vidal se sont substitués à lui, et nous ont ainsi rendu les plus grands services. M. Ficheur, Doyen de la Faculté des Sciences, a bien voulu contrôler au point de vue géologique la prise des échantillons.

A eux, ainsi qu'à tous ceux qui nous ont donné l'hospitalité dans leurs exploitations : MM. Demangeat, Feyeux, etc, nous sommes heureux d'adresser ici nos plus sincères remerciements.

Les analyses ont été effectuées d'après les méthodes habituellement suivies dans les Stations Agronomiques françaises; grâce au zèle de MM. Léonardon et Dettome, attachés au Laboratoire de Chimie Appliquée, elles ont été menées à bien dans un temps relativement très court. Le Directeur du Laboratoire leur en témoigne toute sa reconnaissance.

# APERÇU GÉOLOGIQUE

En ce qui concerne la géologie du Sahel d'Alger, nous ne saurions mieux faire que de rapporter à peu près textuellement la notice, rédigée par M. Ficheur, qui accompagne la feuille d'Alger bis de la carte géologique détaillée de l'Algérie.

Le Sahel est un plateau raviné et ondulé, de formation récente, adossé au Nord au petit massif de Bouzaréa ; il s'incline d'une part vers le Sud-Est, avec une pente adoucie, de l'autre, il s'abaisse par des gradins étagés vers le Nord-Ouest au rivage bordé de dunes. La zone axiale, dirigée sensiblement de N.-N.-E. à O.-S.-O., est formée d'une succession de petites plate-formes séparées par des mamelonnements, dont l'altitude décroît d'une manière presque insensible, de 278 mètres (Nord de Dély-Ibrahim) à 203 mètres (Ras ben Aden), pour se relever dans le ridement de Douéra à 231 mètres. A l'Est, les pentes s'abaissent graduellement de Ben-Aknoun (260 mètres), aux coteaux de Birmandreïs (180-165), à Vieux-Kouba (120) et au plateau de Maison-Carrée (70-50 mètres). Au Sud, le bourrelet de Douéra-Crescia forme une ligne de hauteurs supérieures à 200 mètres descendant rapidement à la plaine. A l'Ouest, la descente est brusque des hauteurs de Déli-Ibrahim et d'Ouled-Fayet sur la plaine qui domine Chéraga, plaine qui s'incline de 170 à 130 mètres vers la Trappe et qui se prolonge au Nord par le plateau de Guyotville (140 à 120 m.), au Sud-Ouest par les plate-formes et terrasses de Saint-Ferdinand (150 à 100 m.).

Le massif de Bouzaréa, dont le sommet culminant se trouve à 407 mètres, présente à l'Ouest une croupe mamelonnée, qui descend vers la forêt de Baïnem (286 mètres), et se fond dans le plateau de Guyotville. Au Nord et à l'Est le massif est entaillé par des ravins à pente rapide, découpant une série de contreforts aux flancs souvent très pittoresques, à l'aspect tantôt riant tantôt sauvage, verdoyants ou dénudés, qui viennent mourir aux promontoires rocheux et aux découpures multiples de la côte escarpée qui s'étend de Saint-Eugène au Ras-Acrata. Le promontoire d'Alger est une ramification du massif ancien séparée par la dépression de Birtraria à Bab-el-Oued.

Le fond de la baie d'Alger est bordé de dunes plus ou moins consolidées, dont les parties concrétionnées à l'état de grès occupent le bourrelet de basses collines qui vont rejoindre les hauteurs du Cap Matifou (70 mètres).

Ce promontoire rocheux aux falaises abruptes est un îlot ancien, servant de jalon entre la Bouzaréa et le massif de Ménerville.

## Description sommaire des terrains sédimentaires

**A Alluvions actuelles. Plages.** Limons des crues des rivières. Sables des plages.

**$A^d$ Dunes actuelles** de Staouéli.

**a Eboulis et dépôts de pentes** formés de débris de schistes, calcaires et quartz au pied de Bouzaréa (St-Eugène) ; dépôts de ruissellement sablo-limoneux rougeâtre et débris de mollasse au pied des coteaux de Mustapha.

**$a'$ Alluvions récentes,** dépôts limoneux du fond des vallées et de la plaine de la Mitidja (les parties marécageuses plus ou moins inondées dans les périodes pluvieuses ont été séparées sous l'indice $a^s$).

**$q'$ Alluvions anciennes (niveau inférieur).** Dépôts limoneux et caillouteux, élevés de 10 à 20 mètres au-dessus des vallées actuelles, ou situées sur les flancs des ravinements secondaires du Sahel.

**$q'_m$ Plages émergées (niveau inférieur).** Grès grossiers et poudingues à coquilles marines occupant des plate-formes ou terrasses s'abaissant de 12 à 15 mètres jusqu'au niveau de la mer (plaine du Hamma, etc.). Ces affleurements sont souvent masqués par les sables résultant de la désagrégation superficielle.

**$q'_d$ Grès à hélix (niveau inférieur),** grès à grain plus ou moins fin, à débris d'hélix, provenant de la consolidation de sables de dunes et se reliant directement à leur base avec des grès de plages à coquilles marines (Ras Aurata). Ces grès, désagrégés à la surface, se rattachent aux grès identiques qui, occupant un niveau plus élevé, sont considérés comme plus anciens et ont été séparés théoriquement sous l'indice **$q_{}^d$** .

**$q$, Alluvions anciennes et cônes de déjections,** dépôts caillouteux et sablonneux, avec amas puissants de matériaux détritiques, provenant des cônes de déjection des ravins du versant Nord de Bouzaréa, dont l'accumulation paraît antérieure à la formation des plages $q'_m$. Les terrasses alluvionnaires de ce niveau dominent de 25 à 40 mètres les vallées actuelles.

**$q_{}^d$ Grès et sables de Staouéli,** grès et sables d'origine éolienne, résultant de la cimentation de dunes anciennes, s'élevant jusqu'à l'altitude de 50 à 60 mètres ; c'est la partie moyenne de la formation, à peu près ininterrompue depuis la fin du pliocène, des grès qui s'échelonnent sur les flancs des coteaux de Guyotville et Staouéli.

$q_{,,}$ **Alluvions caillouteuses du plateau de Maison-Carrée**, dépôts de graviers, parfois cimentés en poudingues, formant une nappe discontinue sur le plateau qui s'étend au Nord du Gué-de-Constantine jusqu'au-dessus de Maison-Carrée ; l'altitude de cette terrasse alluvionnaire varie de 70 à 50 mètres. Elle se rattache au Nord à une série de graviers blancs et poudingues à *Ostrea lamellosa*, trace d'ancienne plage du niveau suivant.

$q_{,,}^{m}$ **Poudingues et grès à pectoncles.** Des témoins importants d'une ancienne plage, constitués par des poudingues et grès coquilliers, se montrent en corniche au-dessus des argiles sahéliennes, à l'Est de Staouéli (Oued Staouéli), recouverts par les grès et sables suivants.

$q_{,,}^{d}$ **Grès et sables de Guyotville** (assise moyenne). Ces grès, provenant de sables de dunes ou de plages, renferment souvent avec des coquilles d'hélix, des débris de coquilles marines, ils forment des bancs puissants, visibles dans les ravins du cirque de Guyotville, et se développent, en s'appuyant sur les argiles sahéliennes, jusque vers l'altitude moyenne de 100 mètres, où ils se relient d'une manière insensible aux grès et sables $p^2_d$.

$p^2_a$ **Dépôts caillouteux.** Alluvions anciennes, formées d'une épaisse accumulation de graviers de grès crétacés, avec galets souvent volumineux, occupant des terrasses et des plate-formes dans la région de Saint-Ferdinand et au-dessus de l'Oued Mendri ; ces dépôts sont contemporains et peut-être en partie postérieurs à la formation de la plage indiquée par le dépôt suivant.

$p^2_b$ **Poudingues et grès coquilliers de la Trappe**, témoins des dépôts littoraux (ancienne plage) formant corniche démantelée, au-dessus des argiles sahéliennes, sur les coteaux des rives de l'Oued Fouara, vers l'altitude de 80 à 100 mètres.

$p^2_c$ **Poudingues, grès et calcaires de Saint-Ferdinand.** Des traces de plages plus anciennes sont représentées par des corniches horizontales de grès appliqués sur les argiles, sur les flancs des coteaux de Saint-Ferdinand, à des altitudes variant de 120 à 150 mètres.

$p^2_d$ **Grès et sables du plateau de Guyotville.** Grès très friables à stratification oblique, renfermant des hélix, décomposés à la surface en sables rouges plus ou moins colorés, représentent le terme le plus ancien (Pliocène très récent) des formations d'origine éolienne, qui se sont continuées jusqu'à l'époque actuelle, avec l'abaissement progressif des lignes de rivage, sur le versant Ouest de Bouzaréa et du Sahel.

**p² Sables rouges de Saint-Ferdinand.** Sables rouges plus ou moins argileux. avec concrétions gréseuses, occupant la bordure du plateau de Saint-Ferdinand et la plate-forme qui s'étend au Nord, à une altitude de 100 à 140 mètres.

**p'ᵦ Grès coquilliers de Chéraga.** Dépôts littoraux de la première phase du Pliocène supérieur, constitués par des grès à moules de bivalves, ou à petits débris de coquilles marines avec intercalation de petits poudingues, et surmontés de grès d'origine dunaire ; ces bancs réduits à des témoins sur les argiles sahéliennes dans les environs de Chéraga, paraissent se rattacher aux dépôts de plages à petits graviers blancs du flanc des coteaux d'Ouled-Fayet. On a rapporté à cette formation les grès fins d'origine marine qui forment corniche au-dessus de l'Oued Beni-Messous ou de ses affluents.

**p'ₐ Dépôts caillouteux du plateau d'Ouled-Fayet,** proviennent d'une nappe étendue d'alluvions anciennes, formées de graviers de grès crétacés, mélangés à une argile rougeâtre, et constituent la couverture du plateau légèrement incliné qui s'étend d'Ouled-Fayet à Saint-Ferdinand et Sainte-Amélie, de l'altitude de 252 à 180 mètres. Ces dépôts sont conservés en de nombreux lambeaux autour de Draria, Baba-Hassen, Douéra. Des cailloutis analogues existent sur les coteaux d'Hydra, au-dessus de Mustapha, et sur le plateau de Beni-Messous (Chéraga).

**p' Sables rouges et grès de Birkadem.** Formation complexe du Pliocène récent, d'origine marine littorale ou éolienne, constituée par des sables argileux de teinte rouge ou jaune, développés autour de Birkadem et de Tixeraïn, avec une épaisseur maxima de 20 à 30 mètres ; à la base se trouvent intercalés des grès friables grisâtres à débris de *pecten* et de *mytilus* (Château d'Hydra). Ces sables sont mélangés de petits graviers de quartz (plateau d'El-Biar), et parfois intimement liés aux cailloutis **p'ₐ**.

**P Marnes de Maison-Carrée.** Marnes argileuses, grises et bleuâtres à la partie inférieure, où elles renferment *Ostrea edulis* (Oued Ouchaïa), jaunâtres avec concrétions calcaires dans la partie supérieure (coteaux du Gué-de-Constantine et de Maison-Carrée). L'épaisseur de cette assise peut atteindre 30 à 40 mètres (Ouled Adda), elle renferme quelques intercalations irrégulières de lits de poudingues (Ben-Kiouen). Dans les puits de Maison-Carrée on trouve dans les marnes grisbleuâtre *Cardium edule*, indiquant une origine lagunaire pour une partie de ces dépôts, représentant probablement le Pliocène moyen.

## TERRAINS SÉDIMENTAIRES

Alluvions récentes

Dépôts caillouteux
du plateau de
Ouled-Fayet

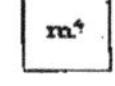

Marnes argileuses
Sahéliennes

Schistes granulitisés
(Gneiss et schistes)

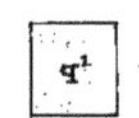

Alluvions anciennes
des vallées
(niveau inférieur)

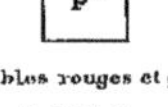

Sables rouges et grès
de Birkadem

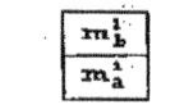

$m_b^i$ Grès et sables
à Echinides
$m_a^i$ Poudingues
Cartenniens

Micaschistes

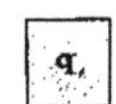

Alluvions anciennes
et cônes de déjection

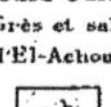
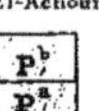

$p^d$ Calc. grès et poudingues
de l'Oued Ouchais
$p_7^c$ Grès et sables
d'El-Achour

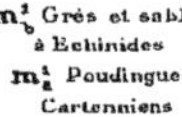

Micaschistes granulitisés
(Gneiss)

## TERRAINS AZOÏQUES

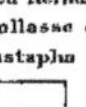

$p_7^b$ Grès calcaires de
l'Oued Kerma
$p_7^a$ Mollasse de
Mustapha

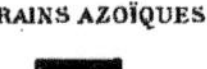

Grès et sables du
plateau de Guyotville
et de la Trappe

Calcaires de Bouzaréa

## ROCHES ÉRUPTIVES

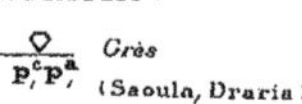

Granulite et
pegmatite
(Filons)

Grès coquilliers
de Chéraga

Marnes à O. Cochlear
et Terebratula ampulla

Schistes argileux
et schistes lustrés

$\Upsilon$
Gîte de fossiles

## Matériaux de construction ou d'empierrement

Grès
(Guyotville)

Calcaires gréseux
(Draria, Oued Kerma, Oued Ouchais)

Grès
(Saoula, Draria)

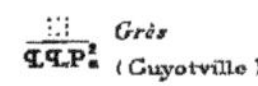
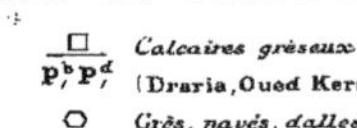

Grès, pavés, dalles
(El-Achaour, Draria)

## Briqueteries      Sources minérales

(El-Biar, (Château Neuf))

Source alcaline froide
(Frais-Vallon)

## Echelle: 1/50.000

1.000     0     1.000     2.000     3.000     4.000     5.000     6.000 mètres

# Carte Géologique du Sahel Central d'Alger

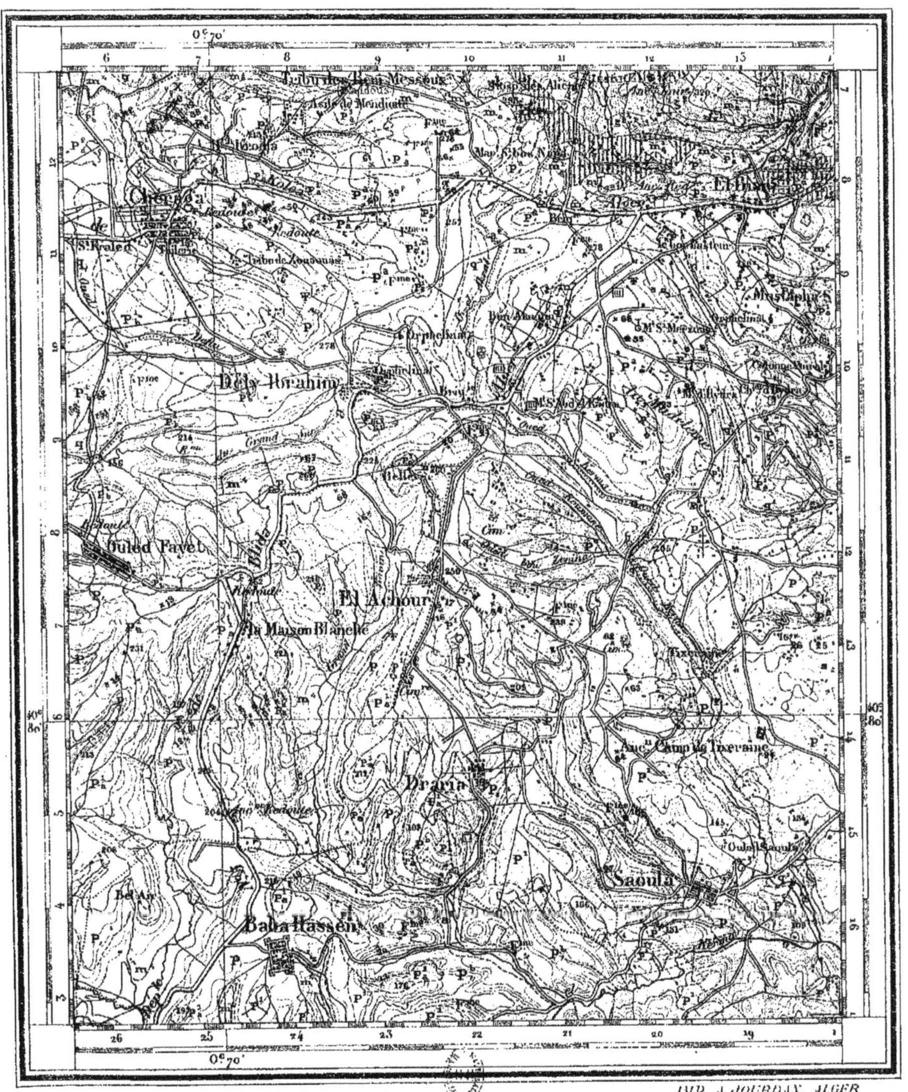


EXTRAIT DE LA CARTE GÉOLOGIQUE DÉTAILLÉE

DE L'ALGÉRIE

**p,ᵈ Calcaires, grès et poudingues de l'Oued Ouchaïa.** Assise complexe s'étendant sur les versants Est et Sud-Est des coteaux de Kouba, et montrant une épaisseur d'environ 40 mètres dans la coupure de l'Oued Ouchaïa ; les sables calcaires gréseux renferment *Ostrea lamellosa, Pecten scabrellus*, etc. Sur la rive droite de l'Harrach, au Nord de Maison-Carrée, ces couches s'intercalent de marnes jaunes et passent à l'assise précédente, tandis que vers Kouba elles se relient aux calcaires **p,ᵃ**.

**p,ᶜ Grès et sables d'El-Achour.** Grès jaunes à grains fins, en bancs assez réguliers, des carrières d'El-Achour, où ils s'intercalent de lits sableux à *Pecten opercularis, Mytilus*. Vers Saoula, ce sont des grès en dalles, qui sont pétris de coquilles de bivalves et de pectinidés et qui paraissent, vers Draria, passer à l'assise suivante, dont ils constituent le facies latéral au moins pour les parties inférieures.

**p,ᵇ Grès calcaires de l'Oued Kerma.** Assises de calcaires et calcaires gréseux, intercalés de lits sableux, d'un facies distinct de celui de la molasse, et qui paraissent, d'après leurs fossiles, pectinidés, échinides, *Ostrea lamellosa*, représenter le même niveau pliocène. Ces couches forment les coteaux qui enserrent la vallée de l'Oued Kerma, entre Crescia et Saoula.

**p,ᵃ Molasse de Mustapha.** Calcaires sableux jaunâtres, friables, avec bancs de calcaires grossiers plus ou moins durs, de calcaires coquilliers et calcaires à *lithothamnium*. L'épaisseur de cette assise peut atteindre 80 mètres ; elle représente le facies récifal du Pliocène ancien ; on y rencontre des débris de schistes, de gneiss, principalement dans les couches supérieures à *Ostrea lamellosa*. Plusieurs niveaux fossilifères à pectinidés, à brachiopodes (*Megerlia, Terebratulina caput serpentis, Rhinchonella*, etc.), à débris d'Echinides.

**p, Marnes à Ostrea cochlear et Terebratula ampulla.** Facies marneux du Plaisancien, développé dans la région de Dély-Ibrahim, El-Achour ; commence en général par une couche glauconieuse riche en fossiles bien conservés, surmontée de marnes bleues, souvent sableuses, et de marnes jaunes fossilifères à gastropodes et bivalves, *Nassa sinistrata, Venus multilamella*, etc. ; les marnes jaunes s'intercalent de nodules et de bancs calcaires jaunes, qui passent au facies molassique. Cette assise, très réduite à la base de la molasse, où elle n'est parfois représentée que par une zone de glauconie sableuse, peut atteindre une puissance de 40 à 50 mètres (la Maison-Blanche).

**mᵗ Marnes argileuses sahéliennes.** Assise argileuse, de teinte gris-bleuâtre, qui forme le substratum du Pliocène et qui s'étend dans toute la partie Ouest du Sahel, occupant, depuis les hauteurs de Dély-Ibrahim, toutes les pentes et le fond des ravins. Ces marnes argileuses ont une grande épaisseur dont le sondage Fontaine-Bleue à Mustapha a fait reconnaître une profondeur de 224 mètres. L'aspect des collines mamelonnées, dénudées, que forme ce terrain, est caractéristique. Les fossiles font presque complètement défaut dans cette assise, attribuée au Miocène supérieur et qui contraste avec les marnes pliocènes toujours plus ou moins riches en coquilles marines.

$m^1{}_c$ **Marnes du Cartennien.** Marnes grises dures pénétrées de filonnets de calcite ; occupent une zone étroite et localisée au-dessus de l'assise suivante.

$m^1{}_b$ **Grès et sables à échinides.** Grès jaunâtres et grisâtres, dont la partie supérieure est très friable ; s'étendent sur le flanc Sud du massif ancien de Bouzaréa en une bande étroite et à peu près continue de Beni-Messous à l'Est d'El-Biar ; ces grès contiennent çà et là des pectinidés et des échinides : *Clypeaster*, *Schizaster*, *Hypsoclypus doma*, etc., fossiles qui rattachent cette assise au Cartennien (Miocène inférieur) de la Kabylie. Les couches inférieures sont formées de grès grossiers qui passent à l'assise :

$m^1{}_a$ **Poudingues**, constitués par des frangments plus ou moins roulés de roches anciennes sur lesquelles ils reposent. Ces poudingues sont parfois remplacés, comme sur le plateau de Mustapha (chemin Littré), par des amas incohérents de gros blocs roulés de gneiss et pegmatite et par des graviers et sables grossiers.

## Aperçu stratigraphique et tectonique

Le sous-sol de l'ensemble du Sahel est formé par les marnes argileuses du Sahélien qui ont rempli sur une épaisseur variable pouvant atteindre 250 mètres, la cuvette formée par le plissement du Cartennien ; l'existence de petits lits gréseux très inclinés dans ces marnes, près de Douéra, indique que ces couches ont été plissées avant le dépôt des assises du Pliocène ancien, qui n'ont subi, sous l'action des mouvements ultérieurs, que de légères ondulations, plus accentuées à la retombée vers la plaine, dans le ridement qui forme la bordure du Sahel, au Sud de la ligne de Crescia-Douéra.

Les assises du Pliocène ancien (Plaisancien-Astien) présentent des changements de facies et d'épaisseur de l'Ouest au Sud-Est. A l'Ouest, c'est le facies marneux et marno-sableux, passant par des marnes jaunes et calcaires grumeleux au facies molassique dans la zone Nord, au facies gréso-calcaire dans la partie Sud (Oued-Kerma), et aux couches gréso-sableuses de Saoula-Birkadem. L'épaisseur atteint son maximum dans la mollasse (au moins 80 mètres). L'ensemble des assises calcaires ou gréseuses s'incline vers le Sud-Est, de sorte que toute la partie orientale du Sahel a conservé son manteau pliocène, avec une couverture plus ou moins démantelée de pliocène récent (Birkadem), tandis que dans l'Ouest l'érosion a profondément atteint l'assise des marnes plaisanciennes, protégée surtout par une carapace de cailloutis dus à l'extension des vallées de l'Atlas sur le plateau occidental. D'où la différence si tranchée entre ces deux parties du Sahel, et le rôle prédominant des argiles sahéliennes à l'Ouest.

Durant les diverses phases du Pliocène récent et du Pleistocène, les formations marines ne sont représentées au Nord-Ouest que par des lambeaux horizontaux de plages échelonnées en gradins, tandis que s'étalent les dépôts d'alluvions caillouteuses, et se constituent les grès de dunes, dont la formation va se poursuivre sans interruption jusqu'à l'époque actuelle.

## Climatologie, régime des eaux

Il n'est pas possible de donner des indications précises sur le climat du Sahel central : les stations météorologiques manquent complètement dans cette région.

En général la température y est toujours plus basse qu'à Alger, cette différence tient à plusieurs causes, dont les principales sont : la différence d'altitude, l'exposition, l'éloignement plus ou moins grand de la mer.

La comparaison des températures moyennes et maximas et minimas d'Alger et de Fort-l'Empereur met en évidence l'influence de l'altitude : ces deux stations sont abritées des vents d'Ouest par le massif de Bouzaréa.

TEMPÉRATURES MOYENNES MENSUELLES

| | Janv. | Févr. | Mars | Avril | Mai | Juin | Juil. | Août | Sept. | Oct. | Nov. | Déc. |
|---|---|---|---|---|---|---|---|---|---|---|---|---|
| Alger............. | 12,2 | 12,2 | 13,6 | 15,3 | 18,1 | 21.1 | 24,1 | 24,5 | 22,7 | 18,8 | 15,8 | 12,2 |
| Fort l'Empereur ... | 10,3 | 10,9 | 13,0 | 14,7 | 17,2 | 20,0 | 23,8 | 24,7 | 22,0 | 17,7 | 14,3 | 11,6 |

TEMPÉRATURES MAXIMAS (MOYENNES MENSUELLES)

| | Janv. | Févr. | Mars | Avril | Mai | Juin | Juil. | Août | Sept. | Oct. | Nov. | Déc |
|---|---|---|---|---|---|---|---|---|---|---|---|---|
| Alger............. | 15 7 | 16,6 | 17,9 | 20,3 | 23,2 | 26,1 | 29,2 | 29,7 | 28,1 | 24,0 | 20,1 | 16,5 |
| Fort l'Empereur ... | 15,7 | 15,8 | 17,3 | 19,2 | 22,4 | 25,3 | 29,9 | 30,9 | 27,7 | 23.0 | 19,1 | 15,4 |

TEMPÉRATURES MINIMAS (MOYENNES MENSUELLES)

| | Janv. | Févr. | Mars | Avril | Mai | Juin | Juil. | Août | Sept. | Oct. | Nov. | Déc. |
|---|---|---|---|---|---|---|---|---|---|---|---|---|
| Alger............. | 9,5 | 9,4 | 10,4 | 12,2 | 15,0 | 17,9 | 20,6 | 21,1 | 19.7 | 16,2 | 12,7 | 9,5 |
| Fort l'Empereur .. | 6,3 | 8,6 | 9,9 | 11,8 | 13,9 | 16,6 | 19,6 | 20,5 | 18,8 | 15,1 | 11,7 | 9,1 |

On voit que les écarts entre la température maxima et minima augmentent à mesure qu'on s'élève, l'air devient plus transparent, le rayonnement nocturne est plus intense. Toutefois les gelées printanières sont plus rares dans le Sahel que dans la plaine ; en certains points, cependant, aux environs de Douéra, par exemple, elles sont assez fréquentes dans les bas fonds [1].

La comparaison entre les températures de Fort l'Empereur et de Staouéli, que rien ne protège contre les vents du Nord et de l'Ouest, met en évidence l'influence de l'exposition.

TEMPÉRATURES MOYENNES

| | Janv. | Févr. | Mars | Avril | Mai | Juin | Juil. | Août | Sept. | Oct. | Nov. | Déc. |
|---|---|---|---|---|---|---|---|---|---|---|---|---|
| Staouéli | 9,0 | 9,6 | 11,8 | 13,0 | 16,1 | 20,8 | 23,1 | 23,9 | 21,0 | 16,4 | 12,9 | 11,3 |
| Fort l'Empereur | 10,3 | 10,9 | 13,0 | 14,7 | 17,2 | 20,0 | 23,8 | 24,7 | 22,0 | 17,7 | 14,3 | 11,6 |

TEMPÉRATURES MAXIMAS (MOYENNES MENSUELLES)

| | Janv. | Févr. | Mars | Avril | Mai | Juin | Juil. | Août | Sept. | Oct. | Nov. | Déc. |
|---|---|---|---|---|---|---|---|---|---|---|---|---|
| Staouéli | 14,8 | 16,2 | 18,1 | 20,1 | 23,9 | 26,9 | 31,1 | 31,9 | 28,6 | 23,8 | 19,6 | 15,5 |
| Fort l'Empereur | 15,7 | 15,8 | 17,3 | 19,2 | 22,4 | 25,3 | 29,9 | 30,9 | 27,7 | 23,0 | 19,1 | 15,4 |

TEMPÉRATURES MINIMAS (MOYENNES MENSUELLES)

| | Janv. | Févr. | Mars | Avril | Mai | Juin | Juil. | Août | Sept. | Oct. | Nov. | Déc. |
|---|---|---|---|---|---|---|---|---|---|---|---|---|
| Staouéli | 4,6 | 5,3 | 7,3 | 8,6 | 11,4 | 16,7 | 17,7 | 18,7 | 16,7 | 12,7 | 9,2 | 6,2 |
| Fort l'Empereur | 6,3 | 8,6 | 9,9 | 11,8 | 13,9 | 16,6 | 19,6 | 20,5 | 18,8 | 15,1 | 11,7 | 9,1 |

Les chutes de pluie ne varient dans tout le massif que dans des limites très restreintes. Elles sont en moyenne de 766 millimètres à Alger, de 715 à Staouéli, qui se répartissent ainsi pendant les quatre saisons de l'année :

| | Automne | Hiver | Printemps | Été |
|---|---|---|---|---|
| Alger | 218,3 | 343,4 | 182,1 | 22,9 [2] |
| Staouéli | 219,1 | 320,1 | 164,7 | 11,3 |

Elles sont donc relativement importantes et assez bien réparties.

---

(1) Par le rayonnement nocturne, le sol se refroidit, les couches d'air inférieures se refroidissent à son contact; l'air ainsi refroidi est devenu plus dense, il coule le long des pentes, s'accumule au fond des vallées. Sur les hauteurs l'air froid est donc remplacé par de l'air plus chaud; dans les bas fonds, au contraire, où l'air froid s'accumule, le rayonnement continuant à s'exercer en augmente encore le refroidissement. C'est là ce qui explique que les gelées printannières soient plus fréquentes dans les bas fonds que sur les hauteurs.

(2) Toutes ces observations sont tirées de l'*Essai de Climatologie Algérienne* de M. Thévenet.

Malheureusement les précipitations atmosphériques sont·très souvent orageuses, des masses d'eau considérables tombent dans des temps relativement courts.
C'est ainsi que le 26 mai 1905, on recueillait 91 $^{m}/^{m}$ d'eau à Bouzaréa dans
15 heures; le 31 octobre 1911 on en recueillait dans 24 heures 134 $^{m}/^{m}$ à la même
station et 132 $^{m}/^{m}$ à Alger.

Ces masses d'eau ne peuvent pénétrer dans le sol, elles s'écoulent sur les pentes,
entraînant, si celles-ci sont un peu fortes, la terre végétale, et les débris de roches
dans le fond des ravins, où elles forment des torrents qui charrient à la mer
tous les matériaux qu'ils reçoivent ou rencontrent sur leur passage.

Aussi les formations alluvionnaires sont-elles très rares dans le Sahel, la seule
un peu importante qui y existe, dans la vallée de l'Oued Akral, n'offre pas d'intérêt
d'ordre général, nous l'avons laissée de côté.

Quelques agriculteurs, mais ils sont relativement peu nombreux, disposent sur
le flanc des coteaux de petites tranchées légèrement inclinées sur les lignes de
niveau, elles canalisent les eaux de pluie, et s'opposent utilement à l'entraînement de la terre végétale.

Les seuls ruisseaux qui conservent un peu d'eau pendant l'été sont l'Oued
Kerma et l'Oued Beni-Messous.

En ce qui concerne l'alimentation en eau, nous emprunterons encore à
M. Ficheur :

La situation des assises perméables du Pliocène ancien et récent, molasse,
grès, calcaires gréseux, cailloutis, poudingues, an-dessus des argiles sahéliennes,
présente les conditions les plus favorables à l'existence d'une nappe aquifère, rencontrée partout dans des puits, et alimentant de nombreuses sources au contact
des argiles. Le versant oriental du Sahel est ainsi privilégié par suite de la continuité et de l'épaisseur du Pliocène. Il n'en est pas de même dans la partie occidentale où l'étendue des couches perméables est limitée aux plate-formes et aux
terrasses caillouteuses et sableuses, donnant une série de petites nappes au-dessus
des marnes pliocènes et des argiles sahéliennes, dont les affleurements occupent la
majeure surface, privée d'eau. La zone des grès et sables de Guyotville à Staouéli
constitue un excellent réservoir aquifère par sa situation au-dessus des argiles.

Les marnes de Maison-Carrée, surmontant les grès et poudingues de l'Oued
Ouchaïa; les grès et sables de Birkadem, maintiennent en pression le niveau
aquifère qui paraît l'origine des nappes artésiennes de l'Harrach.

CULTURES. — La végétation arborescente, remarquable sur les assises de la
molasse, faisait place autrefois dans la zone des grès et des cailloutis à des broussailles qui ont aujourd'hui presque complètement disparu par le défrichement. Le

3

contraste était absolu entre la végétation du pliocène rocheux et la dénudation des terrains marneux pliocènes et surtout des argiles sahéliennes (m⁴), plus propices à la culture des céréales et des plantes fourragères.

C'est la vigne qui occupe la place prépondérante de toutes les cultures du Sahel, elle y produit d'ailleurs des vins justement estimés.

Les primeurs : pommes de terre, petits pois, fèves, haricots, tomates, ainsi que les arbres fruitiers sont répartis à peu près uniformément ; mais c'est surtout dans les parties relativement peu élevées, où les écarts entre les maximas et les minimas de température sont moindres que sur les hauteurs, telles que Birkadem, Staouéli, Guyotville, qu'elles sont les plus abondantes ; le sol sablonneux de ces régions leur est d'ailleurs des plus favorables. C'est aussi dans ces deux dernières localités que se trouve concentrée la culture des raisins primeurs, mais on n'arrive à obtenir une maturité précoce que grâce aux nombreux abris ménagés pour briser les vents du Nord et de l'Ouest.

Parmi les plantes à parfums, le géranium seul y occupe de très petites surfaces.

# AGROLOGIE

Il nous paraît nécessaire, pour éclairer les résultats de nos analyses et les conclusions que nous en avons tirées, d'indiquer sommairement les considérations qui servent de guide en pareil cas.

Pour que les graines puissent germer, il faut qu'elles trouvent dans le sol de l'eau et de l'air. Pour que les végétaux puissent se développer normalement, il faut qu'ils puissent implanter leurs racines dans le sol et dans le sous-sol [1], ceux-ci doivent leur fournir tous les éléments nécessaires à leur vie : de l'air (pour assurer la respiration des racines), de l'eau, de l'azote et des aliments minéraux (acide phosphorique, potasse, chaux, magnésie, fer, etc.) pour assurer leur nutrition.

Le sol doit donc être perméable à l'eau et à l'air, assez meuble pour ne pas gêner le développement des racines ; mais il ne suffit pas que l'eau y pénètre, le sol et le sous-sol doivent en retenir, en emmagasiner pour subvenir aux besoins des végétaux pendant les périodes de sécheresse.

On sait que le travail du sol a précisément pour but de le rendre plus perméable, et de faciliter l'absorption de l'eau.

La facilité du travail, la perméabilité, la faculté d'absorption dépendent des proportions des divers éléments constituants, déterminés par les *analyses mécanique et physique*.

L'analyse mécanique sépare les *cailloux*, les *graviers* et la *terre fine*. Les cailloux sont les débris de roches plus ou moins volumineux qui ne passent pas au tamis dont les mailles ont 1 cm. d'écartement ; les graviers passent à ce tamis et refusent de passer à celui dont les mailles sont distantes de 1 m/m., la terre fine passe à ce dernier.

Les cailloux et les graviers, s'ils ne sont pas en trop grand excès ne jouent qu'un rôle passif [2].

---

(1) Agrologiquement le sol est la partie supérieure de la terre qui est remuée par les instruments de travail ; le sous-sol est ce qui se trouve au-dessous du sol.

(2) Les cailloux peuvent, dans une certaine mesure, diminuer l'évaporation superficielle : les sols caillouteux restent, pendant la saison sèche, plus humides que les sols analogues non caillouteux, mais ces derniers font des réserves d'eau plus importantes, car à volume égal ils contiennent plus de terre fine que les premiers.

Les constituants de la terre fine sont : le *sable grossier*, le *sable fin*, l'*argile* et l'*humus*. Les trois premiers sont d'origine minérale; leurs dimensions, lorsqu'on les sépare par la méthode classique de Schlesing, sont comprises dans les limites suivantes :

sable grossier de 1 m/m. à 0,05 m/m.
sable fin de 0,05 m/m. à 0,005 m/m.
argile plus petite que 0,005 m/m.

Le sable grossier très perméable à l'eau et à l'air ne peut faire que des réserves d'eau insignifiantes.

Le sable fin peut en retenir davantage; les grains, relativement petits, qui le constituent sont facilement mobiles, l'eau les entraîne dans les intervalles qui séparent les éléments plus grossiers : cet entraînement produit du tassement, de la compacité.

Dans le sable grossier et le sable fin, les grains ne sont pas assez ténus pour former une pâte liante avec l'eau, la masse (compacte dans le cas du sable fin) peut après dessiccation être réduite en poudre sans grands efforts. L'argile, au contraire, est formée de particules tellement fines qu'elle donne avec l'eau une pâte liante, plastique; par la dessiccation cette pâte se rétracte, et acquiert une dureté d'autant plus grande que la dessiccation a été poussée plus loin. Elle est en même temps très peu perméable, mais elle peut faire des réserves d'eau notables.

L'*humus* provient de la décomposition des matières organiques, laissées sur le sol par les végétations précédentes ou apportées par les fumures. Au contact de l'eau il en absorbe beaucoup plus que l'argile, en donnant comme elle une masse plastique durcissant par la dessiccation, mais présentant cependant une résistance bien moins grande.

Si un sol était constitué d'un seul de ces éléments, il serait impropre à toute culture ; l'association des quatre donne des sols dont les propriétés dépendent des proportions dans lesquelles elle s'est faite :

Grâce aux propriétés plastiques de l'argile et de l'humus, les grains de sable grossier et fin peuvent s'agglomérer, s'agglutiner en particules plus ou moins grosses. L'agriculteur, en travaillant le sol, l'amène à cet état particulaire très favorable à la perméabilité à l'air et à l'eau et au développement des racines.

Mais, pour que cet état se conserve, la présence du calcaire est nécessaire. Cette nécessité tient, elle aussi, aux propriétés de l'argile : délayée dans l'eau *pure*, l'argile peut y rester très longtemps en suspension, mais il suffit d'ajouter à ce liquide trouble de petites quantités de substances salines pour en provoquer l'éclaircissement par la coagulation et la précipitation de l'argile. Les sels de chaux produisent cette coagulation plus activement que la plupart des autres.

Dans un sol dépourvu de calcaire, l'état particulaire, produit par le travail, est rapidement détruit par des pluies même peu abondantes. Au contraire, lorsque le sol contient du calcaire (dans le sable grossier et surtout dans le sable fin) l'eau de pluie, grâce à la petite quantité d'acide carbonique dont elle se charge en traversant l'atmosphère, le dissout en formant du bicarbonate de chaux qui coagule l'argile, s'opposant ainsi à la destruction rapide des particules.

Les terres qui présentent au plus haut degré les qualités que nécessitent les exigences des végétaux, et qui se prêtent le plus facilement au travail du sol sont désignées sous le nom de *terres franches*. Elles ont la composition suivante :

> Sable grossier de 600 à 700 dont 50 de calcaire (par kg.),
> Sable fin de 200 à 300 dont 50 de calcaire
> Argile de 70 à 100
> Humus de 1 à 10.

Les terres franches sont relativement rares ; en général, un ou plusieurs des éléments constituants se trouvent en proportions supérieures à celles que nous venons d'indiquer.

De là des noms particuliers rappelant le ou les éléments en excès (par rapport à la terre franche) :

Une terre *argileuse* contiendra une proportion d'argile beaucoup plus grande que la terre franche, les autres éléments constitutifs étant tous en proportion plus faible.

Dans une terre *sablonneuse* ce sont les sables qui dominent (le mot *sable*, seul, désigne généralement les sables non calcaires).

On a de même des terres *calcaires*, *humifères*, et des terres *argilo-calcaires*, *sablo-calcaires*, etc. ; dans ces dernières deux éléments sont en excès, et c'est le premier dénommé dont l'excès est le plus grand.

Quant à leurs propriétés physiques, il est facile de les déduire de leur composition :

Les terres *sablonneuses*, lorsque c'est le sable grossier qui est en excès, sont très perméables, leur travail est très facile, mais elles ne retiennent que peu d'eau. Lorsque c'est le sable fin qui domine, les terres sont moins perméables que les précédentes, elles peuvent faire des réserves d'eau plus importantes ; tant que les proportions d'argile et de calcaire de la terre franche sont à peu près conservées, le travail en est encore facile et bon : l'état particulaire qu'il produit est durable.

Lorsque, au contraire, l'argile ou le calcaire se trouvent en déficit, l'état particulaire ne se conserve plus que difficilement : les éléments fins se déplacent sous l'action du vent ou de la pluie ; le vent emporte la terre et déchausse les plantes mettant à nu les racines ; la pluie entraîne ces éléments fins dans les interstices du sol, celui-ci se tasse, la perméabilité disparaît. On désigne ces terres sous le nom de *battantes*.

Mais, le plus souvent à l'excès de sable fin correspond un excès d'argile : les terres, tout en faisant des réserves d'eau plus grandes, sont moins perméables, et d'autant plus difficiles à travailler que l'excès d'argile est plus grand. Elles tendent à devenir *fortes*, dénomination qui représente surtout la difficulté du travail, par opposition à la dénomination de *légères* qui s'applique à celles dont le travail est facile.

Lorsque l'argile domine, les terres deviennent peu perméables, les sous-sols argileux forment des masses compactes absolument imperméables à l'eau ; la compacité est quelquefois telle que les racines ne peuvent y pénétrer. On sait que ce sont des conditions de ce genre qui donnent naissance aux *landes marécageuses*.

Les sols *argileux* sont difficiles à travailler : lorsqu'ils sont secs les instruments aratoires ne peuvent y pénétrer, lorsqu'ils sont très mouillés, ils sont boueux ; entre ces extrêmes existe une teneur en eau où le travail peut être effectué utilement : c'est la pratique qui guide surtout l'agriculteur.

Remarquons encore que pour que l'alimentation en eau des végétaux puisse s'effectuer normalement, il ne suffit pas que le sol ait fait des réserves d'eau importantes, il faut que cette eau puisse se mouvoir dans le sol pour venir au contact des racines : cette mobilité est d'autant plus faible que le sol est plus argileux.

Enfin les sols sablonneux s'échauffent plus facilement que les sols argileux et donnent plus de précocité aux cultures.

On sait aussi que les défauts des terres fortes sont atténués par l'humus.

Les terres *humifères* ne se rencontrent que sur des sous-sols imperméables : le sol restant inondé ou gorgé d'eau pendant une partie de l'année, les débris de végétaux se décomposent à l'abri de l'air, subissent une sorte de putréfaction donnant naissance à des produits à réaction acide. La culture de ces terres ne peut être utilement réalisée, que si on y pratique des drainages de façon à abaisser le plan d'eau ; des apports de calcaire ou de chaux, en neutralisant l'acidité du sol, permettront ensuite l'utilisation des réserves nutritives accumulées dans l'humus.

Voici la composition, par kg., de quelques types de terres :

|  | Franche | Légère | Forte | Battante | Argileuse |
|---|---|---|---|---|---|
| Sable grossier.. | 600 à 700 | 700 à 1.000 | 600 à 0 | 200 à 0 | 200 à 0 |
| Sable fin ...... | 200 à 300 | 200 à 0 | 300 à 900 | 700 à 1000 | 600 à 800 |
| Argile ........ | 70 à 100 | 70 à 0 | 100 à 400 | 50 à 0 | 150 à 400 |

Vis-à-vis du calcaire, on considère comme :

| non calcaires.......... | celles qui en contiennent | de 0 à 1 0/00 |
|---|---|---|
| très peu calcaires....... | — | — | de 1 à 10 |
| un peu calcaires.. ..... | — | — | de 10 à 50 |
| suffisamment calcaires . | — | — | de 50 à 150 |
| calcaires ........ ..... | — | — | de 150 à 300 |
| très calcaires ......... | — | — | plus de 300 |

ALIMENTATION AZOTÉE ET MINÉRALE DES PLANTES. — Elle doit être assurée par le sol.

L'alimentation azotée (sauf pour les légumineuses qui fixent l'azote de l'air) se fait aux dépens de l'humus, le seul des éléments constituants du sol qui ait une origine organique.

La composition de l'humus est aussi complexe que celle des végétaux ; les matières albuminoïdes qu'il contient se décomposent, sous des actions chimiques ou microbiennes, en produits plus simples ; acides aminés, amides, ammoniaque, que les plantes peuvent utiliser. Mais *les nitrates sont les meilleures aliments azotés pour les végétaux* ; il importe donc, au point de vue alimentaire, que les substances azotées de l'humus puissent se transformer dans le sol en nitrates. Cette transformation, ou *nitrification*, est l'œuvre de microbes qui ne peuvent se développer que dans des conditions bien précisées aujourd'hui.

Il faut un sol moyennement humide et aéré ; une température ni trop basse ni trop élevée : la nitrification est lente à 15°, elle est maxima au voisinage de 35°. Elle n'a pas lieu dans les sols acides : le calcaire joue un rôle essentiel dans cette transformation ; ajouté à un sol acide (soit directement, soit par le chaulage) il en neutralise l'acidité et rend la nitrification possible ; celle-ci ne peut d'ailleurs se poursuivre qu'en sa présence ; car, l'acide azotique, produit par les microbes nitrificateurs, les gêne dans leur développement, et la nitrification ne tarderait pas à s'arrêter si cet acide n'était neutralisé, par le calcaire, au fur et à mesure de sa formation.

En général, les terres qui contiennent :

> 1 gramme d'azote par kilogramme de terre complète,
> 1    —    d'acide phosphorique,
> 2    —    de potasse,
> 1    —    de magnésie,
> 50   —    de chaux [1],

sont considérées comme suffisamment riches pour entretenir la vie normale des plantes.

Mais ces éléments nutritifs sont contenus dans le sol sous des formes diverses : les unes *immédiatement assimilables* ; les autres, susceptibles de le devenir plus ou moins rapidement, grâce aux réactions chimiques ou microbiennes qui se produisent dans le sol.

Les méthodes d'analyse usitées en France donnent l'ensemble de ces substances alimentaires. D'autres méthodes permettent de se faire une idée, au moins approximative, de la teneur du sol en principes nutritifs immédiatement assimilables ; mais comme cette teneur est sous la *dépendance immédiate du mode de culture auquel le sol a été soumis*, nous n'aurions pu tirer de leur application aucune conclusion d'ordre général : les résultats fournis par un échantillon lui auraient été propres, et n'auraient pu être étendus aux autres de même formation géologique.

D'ailleurs les résultats de l'analyse physique donnent très souvent des indications du même genre :

La pratique a montré, par exemple, que dans les terres riches en éléments fins (sable fin et argile), les éléments nutritifs étaient plus facilement assimilables que dans celles où les éléments grossiers dominent.

La fertilité du sol est aussi intimement liée à l'abondance de l'humus ; celui-ci ne sert pas seulement à entretenir la nutrition azotée, il agit aussi directement et indirectement sur l'assimilabilité de l'acide phosphorique et de la potasse : directement, il rend ces aliments, et surtout l'acide phosphorique plus solubles. Indirectement, il sert d'aliment à de nombreux microbes qui produisent de l'acide carbonique dont la présence dans l'eau du sol facilite la dégradation de diverses espèces minéralogiques.

Les microbes, qui vivent aux dépens de l'humus, utilisent à la fois les matières hydrocarbonées et azotées (nitrification) qu'il contient : les premières disparaissent beaucoup plus rapidement que les secondes. A mesure que l'humus vieillit, il

---

(1) Cette dose de chaux assure à la fois : l'alimentation des végétaux, la nitrification et la coagulation de l'argile.

s'enrichit en azote et s'appauvrit en carbone, le rapport du carbone à l'azote (ou de l'humus à l'azote) devient donc de plus en plus petit. Il est clair, que parmi les divers composés que contient l'humus, ceux qui disparaissent les premiers sont les plus facilement attaquables par les microbes : l'humus vieux est plus résistant et par suite moins actif vis-à-vis de la nutrition azotée et minérale.

L'humus joue, on le voit, un rôle important en agriculture : il peut atténuer les défauts des terres légères et des terres compactes, c'est la seule source (naturelle) de l'azote nécessaire à la végétation, il facilite aussi la nutrition minérale. Il est donc de la plus haute importance de le renouveler, surtout dans les régions à étés très chauds, comme l'Algérie : pendant ces périodes les actions microbiennes ont une activité très grande, elles amènent rapidement le vieillissement prématuré de l'humus.

Nous venons d'indiquer les doses d'éléments nutritifs que doit contenir une terre pour assurer l'alimentation normale des végétaux.

Il faut bien remarquer cependant, que si on veut *obtenir pendant longtemps, sur des sols ainsi constitués, de très bonnes récoltes, il est absolument nécessaire de les fumer.*

Les récoltes successives enlèvent, tous les ans, une certaine quantité d'éléments nutritifs, l'appauvrissement qui en résulte porte surtout sur les substances les plus facilement assimilables (comme pour l'azote), si la culture était longtemps continuée, sans apport d'engrais, la stérilité ne tarderait pas à se manifester.

Pour maintenir la fertilité, on applique souvent ce qu'on est convenu d'appeler la *loi de restitution*, qui consiste à rapporter périodiquement au sol une dose d'éléments nutritifs équivalente à celle que les récoltes précédentes ont enlevée.

L'expérience a montré qu'il était même nécessaire d'augmenter dans une certaine proportion les doses d'engrais calculées d'après les exportations, car une partie de l'engrais est entraînée dans les eaux de draînage, une autre partie (au moins pour certains éléments tels que l'acide phosphorique) s'insolubilise, devient par suite momentanément inactive.

Les doses d'engrais à ajouter sont donc variables, avec la nature des végétaux que l'on cultive, ainsi qu'avec les propriétés du sol : si les réactions chimiques ou microbiennes qui facilitent l'assimilation des réserves nutritives sont actives, on pourra sans inconvénient se rapprocher beaucoup de l'observation stricte de la loi de restitution.

Au contraire, si ces réactions sont peu actives, les réserves ne se transforment que lentement en substances assimilables, il faut forcer les doses d'engrais pour satisfaire aux exigences des végétaux.

Le plus souvent les sols contiennent l'un, ou plusieurs, des éléments nutritifs.

en quantités plus grandes ou plus petites que celles que nous avons indiquées : dans le premier cas on les dit *riches*, dans le second *pauvres*.

Il est clair que la transformation des réserves en substances assimilables est d'autant plus grande (toutes autres conditions égales) que ces réserves sont plus grandes.

De sorte que dans les sols riches en l'un des éléments nutritifs, on pourra, pendant une période plus ou moins longue, réduire (ou même supprimer) dans la fumure l'élément qui est en excès.

Au contraire, dans les sols pauvres, les substances assimilables sont souvent en quantités trop petites pour assurer la végétation. La récolte est alors sous la dépendance immédiate de l'élément qui manque le plus, d'autant plus faible que cet élément fait plus défaut : c'est la *loi du minimum*. Il faut alors pour obtenir de bonnes récoltes apporter sous une forme plus ou moins assimilable un excès de cet élément. Les fumures ainsi réalisées sont dites *complémentaires*.

L'analyse chimique indique la richesse des terres en réserves alimentaires, combinée avec l'analyse physique, elle donne des indications sur leur assimilabilité ; elle permet de faire un choix entre les divers engrais, de prévoir ceux qui conviennent le mieux.

Mais elle ne donne pas d'indication précise sur les formules d'engrais les plus *économiques*, l'expérience culturale seule peut résoudre ce problème pour chaque sol et pour chaque culture.

L'agriculteur ne doit jamais perdre de vue ce fait indiscutable, que pour qu'une plante puisse vivre normalement, produire la récolte maxima, il faut qu'elle trouve dans le sol sous une forme assimilable, tous les éléments qui lui sont nécessaires : c'est-à-dire, l'azote, l'acide phosphorique, la potasse, la chaux et la magnésie.

C'est donc, en général, une grave erreur économique d'utiliser des engrais simples (ce n'est que dans des terres relativement très riches qu'on peut supprimer l'un ou l'autre des éléments nutritifs) : ainsi, certains hésitent à acheter du nitrate de soude, ou du sang, ou encore du sulfate de potassse, qui coûtent relativement cher, ils ajoutent seulement du superphosphate dont le prix est beaucoup plus faible. Dans les sols pauvres en acide phosphorique, ces apports donnent de très bons résultats les premières années, mais bientôt l'épuisement en azote ou en potasse se manifeste, les récoltes baissent. Cet état d'infertilité relatif est malheureusement durable ; les dépenses qu'il faut effectuer, si l'on veut rétablir la fertilité primitive, dépassant de beaucoup celles qu'aurait amené l'achat de quelques quintaux d'engrais azotés et potassiques. De plus cette amélioration ne se fait pas du jour au lendemain, elle nécessite toujours plusieurs années.

# RÉSULTATS ANALYTIQUES

Nous exposerons successivement les résultats analytiques et les conclusions qui en découlent, en commençant par l'assise inférieure ; les autres viendront ensuite, rangées dans l'ordre chronologique de formation.

## $m^4$ Marnes argileuses sahéliennes

Cette formation, sur laquelle reposent toutes les autres, émerge en de nombreux points : elle occupe, comme on le voit sur la carte, une large étendue au Sud de Dély-Ibrahim, on la retrouve sur les pentes et dans le fond de tous les ravins qui sillonnent le Sahel, en particulier, aux environs de Baba-Hassen et de $S^{te}$-Amélie ; elle forme aussi une longue bande descendant de l'Est à l'Ouest de Douéra au Mazafran.

L'aspect extérieur des terres qu'elle donne, ne change pas sensiblement dans toute son étendue : ce sont des terres fortes de couleur gris bleuâtre plus ou moins foncé.

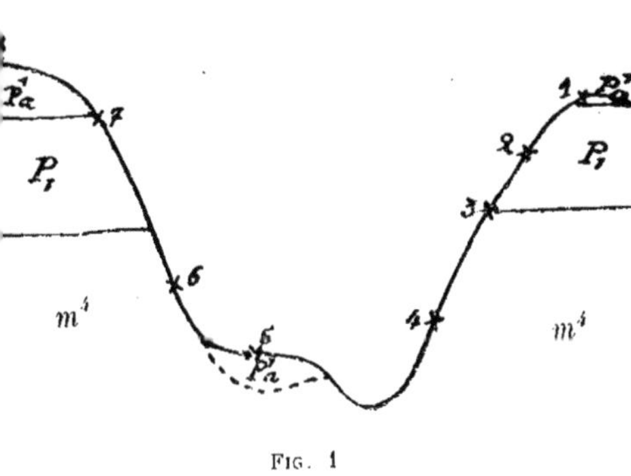


Fig. 1

Les échantillons 18, 67, 68, ont été prélevés dans des régions relativement élevées, où la formation était nettement caractérisée, les échantillons 3 et 4 sont pris sur le flanc d'un coteau où viennent affleurer les formations géologiques immédiatement supérieures à $m^4$ ; la fig. 1 donne une idée de la façon dont on a prélevé quelques échantillons :

Dans le n° 1, que nous trouverons plus tard, la couche supérieure de 0 à 10, appartient à la formation $p'_a$ (dépôts caillouteux du plateau d'Ouled-Fayet) ; la couche de 10 à 35 est un mélange des deux formations $p'_a$ et $p_i$ (marnes du Plaisancien), et la couche de 35 à 50 est issue uniquement de la formation $p_i$.

## Analyse mécanique

| Numéros des échantillons | Cailloux | Graviers | Terre fine |
|---|---|---|---|
| 18. Sol de 0 à 25............ | 0 | 0 | 1.000 |
| Sous-sol de 25 à 45....... | 0 | 0 | 1.000 |
| 67. Sol de 0 à 30............ | 0 | 0 | 1.000 |
| 68. Sol de 0 à 30........... | 0 | 2 | 998 |
| 6. Sol de 0 à 30..... ..... | 0 | 2 | 998 |
| 3. Sol de 0 à 25............ | 4,5 (c + s) | 0.5 (c + s) | 995 (1) |
| Sous-sol de 25 à 50....... | 4,5 (c + s) | 0,5 (c + s) | 995 |
| 4. Sol de 0 à 20............ | 6 (c) | 4 (c) | 990 |
| Sous-sol de 20 à 40....... | 35 (c) | 23 (c) | 942 |
| 42. Sol de 0 à 30............ | 27 (c + s) | 21 (c + s) | 952 |
| 5. Sol de 0 à 25............ | 7 (c + s) | 3 (c + s) | 990 |

## Analyse physique

| Numéros des échantillons | Sable grossier | | | Sable fin | | | Argile | Humus |
|---|---|---|---|---|---|---|---|---|
| | calcaire | non calc. | total | calcaire | non calc. | total | | |
| 18. Sol de 0 à 25........ | 42 | 28 | 70 | 157 | 305 | 462 | 464 | 4 |
| Sous-sol de 25 à 45. | 41 | 34 | 75 | 155 | 266 | 421 | 503 | 1 |
| 67. Sol de 0 à 30..... .. | 8,6 | 5,6 | 14,2 | 200,4 | 308 | 508,4 | 476 | 1,4 |
| 68. Sol de 0 à 30....... | 12 | 13 | 25 | 114 | 245 | 359 | 614 | 2 |
| 6. Sol de 0 à 20....... | 85 | 153 | 238 | 175 | 200 | 375 | 387 | 0,5 |
| 3. Sol de 0 à 25....... | 116 | 91 | 207 | 192 | 167 | 359 | 430 | 4 |
| Sous-sol de 25 à 50. | 116 | 90 | 206 | 177 | 202 | 379 | 410 | 4 |
| 4. Sol de 0 à 20....... | 42 | 140 | 182 | 103 | 252 | 355 | 453 | 9 |
| Sous-sol de 20 à 40. | 61 | 146 | 207 | 135 | 217 | 352 | 438 | 2 |
| 42. Sol de 0 à 30... .... | 13 | 54 | 67 | 353 | 191 | 544 | 387 | 2 |
| (p'a) 5 Sol de 0 à 30... | 13 | 282 | 295 | 5,3 | 217 | 222,3 | 464 | 18,5 |

(1) (c) Calcaïres ; (s) Siliceux ; (c + s) Calcaires et siliceux.

## Analyse chimique de la terre fine sèche

| Numéros des échantillons | Calcaire | Azote | Acide phosphorique | Potasse | Chaux | Magnésie |
|---|---|---|---|---|---|---|
| | % | °/₀₀ | °/₀₀ | °/₀₀ | °/₀₀ | °/₀₀ |
| 18. Sol de 0 à 25........ | 19,9 | 1,49 | 1,75 | 3,45 | 110 | 11,7 |
| Sous-sol de 25 à 45. | 19,6 | 1,16 | 1,50 | 4,50 | 110 | 13,3 |
| 67. Sol de 0 à 30........ | 20,9 | 0,88 | 1,58 | 4,98 | 118 | 10,85 |
| 68. Sol de 0 à 30...  .... | 12,6 | 1,38 | 1,08 | 3,32 | 69,3 | 9,64 |
| 6. Sol de 0 à 20........ | 26,0 | 1,22 | 1,25 | 2,9 | 132 | 13,2 |
| 3. Sol de 0 à 25........ | 24,7 | 1,45 | 1,25 | 3,3 | 170 | 7,0 |
| Sous-sol de 25 à 50. | 26,8 | 1,47 | 1,16 | 2,35 | 195 | 8,25 |
| 4. Sol de 0 à 20........ | 14,5 | 1,40 | 0,90 | 3,1 | 89 | 3,9 |
| Sous-sol de 20 à 40. | 18,6 | 1,0 | 0,92 | 3,0 | 117 | 9,0 |
| 42. Sol de 0 à 30. ...... | 36,6 | 0,83 | 1,17 | 2,82 | 200 | 2,66 |
| 5. Sol de 0 à 25........ | 1,85 | 2,08 | 0,91 | 3,2 | 24,2 | 5,45 |

## Analyse chimique de la terre complète sèche

| Numéros des échantillons | Calcaire | Azote | Acide phosphorique | Potasse | Chaux | Magnésie |
|---|---|---|---|---|---|---|
| | % | °/₀₀ | °/₀₀ | °/₀₀ | °/₀₀ | °/₀₀ |
| 18 Sol de 0 à 25........ | 19,9 | 1,49 | 1,75 | 3,35 | 110 | 11,7 |
| Sous-sol de 25 à 45. | 19,6 | 1,16 | 1,50 | 4,5 | 110 | 13,3 |
| 67. Sol de 0 à 30........ | 20,9 | 0,88 | 1,58 | 4,98 | 118 | 10,85 |
| 68. Sol de 0 à 30........ | 12,6 | 1,38 | 1,08 | 3,32 | 69,3 | 9,64 |
| 6. Sol de 0 à 20........ | 26,0 | 1,22 | 1,25 | 2,9 | 132 | 13,2 |
| 3. Sol de 0 à 25........ | 24,6 | 1,44 | 1,25 | 3,3 | 156 | 6,95 |
| Sous-sol de 25 à 50. | 26,8 | 1,46 | 1,16 | 2,34 | 194 | 8,20 |
| 4. Sol de 0 à 25........ | 14,4 | 1,39 | 0,89 | 3,07 | 88 | 3,86 |
| Sous-sol de 20 à 40. | 17,4 | 0,94 | 0,86 | 2,81 | 109 | 8,40 |
| 42. Sol de 0 à 30........ | 34,8 | 0,79 | 1,11 | 2,78 | 190 | 2,52 |
| 5. Sol de 0 à 25........ | 1,83 | 2,06 | 0,90 | 3,17 | 23,9 | 5,40 |

L'échantillon n° 3 est lui aussi un mélange des deux formations $m^4$ et $p_,$, aussi bien dans le sol que dans le sous-sol.

L'échantillon n° 4, pris à un niveau un peu plus bas dans $m^4$, pouvait être modifié par le voisinage de $p_,$, c'est pour se rendre compte de cette modification qu'il a été pris.

Les n° 5 et 6 sont pris sur le versant opposé au précédent : 6 est analogue à 4, quant à 5, nous l'étudierons spécialement.

Examinons d'abord les résultats fournis par les terres nettement caractéristiques (18, 67, 68) :

L'analyse mécanique les montre comme uniquement constituées par de la terre fine, les cailloux et les graviers font presque complètement défaut, la marne, qui constitue la roche primitive, s'est totalement délitée sous l'action de l'air et de l'eau.

L'analyse physique n'y décèle que des proportions très faibles de sables grossiers (de 25 à 75 grammes seulement par kilog.) ; les éléments fins dominent, surtout l'argile (de 464 à 614 grammes par kilog.). Le calcaire varie de 12,6 à 20,9 (en quantité d'autant plus faible que la proportion d'argile est plus grande).

La constitution du sous-sol diffère très peu de celle du sol.

Ce sont donc des terres *argilo-calcaires* :

Le grand excès d'argile, l'abondance de sable fin, la pénurie de sable grossier, les rendent compactes, difficiles à travailler.

Par la dessication elles se rétractent beaucoup ; il s'y produit, pendant les périodes de sécheresse, de profondes crevasses, très préjudiciables à la végétation des cultures arbustives telles que la vigne. On les évite, au moins partiellement, par des scarifiages soignés, effectués en temps opportun.

Au point de vue chimique, ces terres sont moyennement riches en azote et en acide phosphorique, riches en potasse, puisqu'on considère comme suffisantes pour la nutrition normale des végétaux, les doses de : 1 gramme pour l'azote, l'acide phosphorique, la magnésie et de 2 grammes pour la potasse. Or elles contiennent :

> de 0,88 à 1,49 d'azote ;
> de 1,08 à 1,73 d'acide phosphorique ;
> de 3,32 à 4,98 de potasse ;
> de   69 à 118 de chaux ;
> de  9,6 à 13,8 de magnésie.

Il y a lieu de se demander, toutefois, si ces réserves sont facilement assimilables : il doit en être ainsi, étant donné la richesse de ces terres en éléments fins.

Les résultats fournis par les échantillons 3, 4, 6 et 42, montrent les modifications que peuvent apporter les entraînements par l'eau, ou le mélange avec les formations supérieures :

Dans le Sahel central, les marnes du Plaisancien **p** reposent directement, lorsqu'elles affleurent, sur les argiles sahéliennes.

Ce sont donc des mélanges analogues à ceux que nous avons ici, que l'on rencontrera le plus fréquemment sur les pentes des collines du Sahel.

Au point de vue mécanique le mélange est caractérisé par l'apparition de quelques cailloux (très souvent des débris de fossiles) et de graviers calcaires ou non calcaires (ces derniers provenant des couches supérieures), ils sont toujours peu abondants, et leur présence ne modifie ni les propriétés physiques, ni les propriétés chimiques des terres, comme le montre la comparaison des résultats de l'analyse chimique relatifs à la terre fine sèche, à ceux relatifs à la terre complète sèche.

La constitution physique présente des modifications un peu plus grandes, assez variables, comme le facies de **p** lui-même ; ces modifications ne sont pas assez profondes pour altérer le caractère de ces terres ; elles restent toujours *argilo-calcaires*.

Dans les échantillons 3 et 4, les proportions de sables grossiers sont bien un peu plus élevées que dans ceux qui précèdent, les proportions de sables fins et d'argile en sont par conséquent légèrement diminuées, mais cette dernière est toujours prédominante (il y en a plus de 400 grammes par kilog.).

Dans l'échantillon 42 [1], l'augmentation porte sur le calcaire fin, la proportion d'argile est encore voisine de 400.

Au point de vue chimique les terres qui proviennent de **p** sont moins riches en acide phosphorique, en potasse et en magnésie, que celles qui proviennent de **m'** ; les mélanges que nous avons analysés ici, restaient encore suffisamment riches, puisque les minimums obtenus sont 0,86 pour l'acide phosphorique, 2,34 pour la potasse et 2,52 pour la magnésie.

L'échantillon n° 5 paraît devoir être plus rare que les précédents. Il a été prélevé comme l'indique la fig. 1 sur une sorte de palier : il semble qu'il devait primi-

---

(1) L'échantillon 42 est pris dans des conditions analogues à celles de 3 et 6, au voisinage d'un pointement de marnes jaunes de **p** très calcaires, mais trop peu étendu pour pouvoir être noté sur la carte.

tivement exister en ce point une légère dépression qui a été remplie par des sables analogues à ceux qu'on rencontre dans l'horizon $p'_a$, supérieur à $p_,$.

Ce remplissage doit être plutôt ancien que moderne : l'absence presque complète de cailloux, qui auraient été arrêtés si le remplissage s'était fait par un entraînement diluvien, et aussi la pénurie de calcaire (il n'y a que 1,83 °/o, tandis que l'échantillon n° 6 pris à un niveau un peu plus élevé en contient 26 °/o), nous paraîssent tout à fait démonstratifs.

Sa constitution physique est d'ailleurs très voisine de celle des terres de la formation $p'_a$, mais tandis que celles-ci ne contiennent pas de calcaire, le voisinage de $m^4$ et de $p_,$ en a introduit une petite quantité.

Les sables grossiers y sont moins abondants que dans la terre franche (295 au lieu de 6 à 700), les sables fins sont à peu près dans les mêmes proportions (272), l'argile est beaucoup plus abondante (464 au lieu de 70 à 100). Il y a moins de calcaire que dans la terre franche (18 °/oo au lieu de 100) ; cependant cette terre est meuble (1), elle se travaille facilement : la proportion assez élevée d'humus compense l'insuffisance du calcaire.

Au point de vue nutritif, elle est riche en azote (2,06) moyennement riche en acide phosphorique (0,9) (les terres de $p'_a$ sont très pauvres, c'est encore le voisinage de $m^4$ qui est la cause de cette richesse relative), riche en potasse (3,17) et en magnésie (5,4), la chaux est en déficit (23,9), mais l'abondance en paraît suffisante, aussi bien pour assurer la nutrition, que pour permettre à la nitrification de se produire, car cette terre a une réaction nettement alcaline.

D'après les renseignements recueillis sur place, ce coin de terre est particulièrement fertile, et nous attirons l'attention sur sa richesse en humus, qui facilite l'absorption des éléments nutritifs qui y sont contenus.

Si on laisse de côté cet échantillon exceptionnel, il résulte de l'ensemble des résultats analytiques (ainsi que des remarques que nous avons pu faire en dehors de ce travail, et des renseignements recueillis de divers côtés) que les terres fournies par les marnes sahéliennes sont des terres *fortes argilo-calcaires*, contenant en moyenne 20 °/o de calcaire.

Le voisinage des marnes du Pliocène inférieur, qui se superposent à cette assise, peut augmenter dans de notables proportions la dose de calcaire (jusqu'à 35 °/o), mais les mélanges, qui se produisent ainsi, contiennent toujours un grand excès d'argile, et les propriétés mécaniques et physiques n'en sont pas sensiblement modifiées.

---

(1) Le travail ne devient difficile que lorsque la proportion d'éléments grossiers est inférieure à 200.

Pures ou mélangées, elles présentent une richesse satisfaisante en éléments nutritifs.

Quant aux améliorations : elles doivent tendre surtout à atténuer la compacité de ces terres ; les apports de sables grossiers sont trop dispendieux pour être possibles, on ne peut donc avoir recours qu'à l'enrichissement eu humus.

Les fumures avec des fumiers pailleux seront particulièrement utiles ; les engrais verts, associés à des engrais minéraux, donneront aussi de très bons résultats dans les cultures arbustives.

Les doses d'engrais à employer devront au moins satisfaire à la loi de restitution, afin de conserver la fertilité actuelle. Il est possible, et même probable, que des doses plus grandes d'engrais, ou que l'emploi simultané du fumier et d'engrais complémentaires, donnent de bons résultats au point de vue économique ; mais l'expérience seule peut donner des indications à ce sujet.

Une remarque importante est encore nécessaire ; en plus des principaux éléments nutritifs (azote, acide phosphorique, potasse, chaux, magnésie) on a aussi dosé dans ces terres le fer et l'acide sulfurique. Le fer y est relativement très abondant, l'acide sulfurique, au contraire, n'y existe qu'à l'état de traces : il sera donc nécessaire d'ajouter à la fumure, soit par le fumier soit par les engrais verts, du plâtre qui apportera cet élément indispensable (2 à 300 kilog. par Ha et par an). Pour la même raison, si on utilise les engrais chimiques, les superphosphates seront les engrais phosphatés à employer (leur emploi est d'ailleurs indiqué par la nature calcaire de ces terres) ; le sulfate de potasse sera de même préférable au chlorure de potassium.

Rappelons enfin que le plâtre mobilise la potasse du sol ; dans ceux-ci, riches en potasse son action sera complexe mais toujours rémunératrice.

### p, Marnes à Ostrea cochlear et Terebratula ampulla

Cette formation couvre dans le Sahel des étendues assez considérables : au Nord-Ouest de Dély-Ibrahim elle s'étale jusqu'aux environs de Chéraga ; on la trouve entre la Maison-Blanche et Baba-Hassen, aux environs d'El-Achour, de Douéra, Crescia ; enfin on la voit souvent affleurer sur les pentes des coteaux, dans des conditions semblables à celles de la figure 1.

La notice géologique indique qu'elle est constituée par la superposition de plusieurs couches : une couche glauconnieuse surmontée de marnes bleues souvent sableuses, puis des marnes jaunes dans lesquelles s'intercalent des nodules ou des bancs de calcaires passant au facies mollassique. La présence de ces calcaires dont la couleur tranche sur le fond plus sombre, la fait facilement distinguer sur le flanc des coteaux récemment travaillés.

Par suite de cette complexité, les sols qu'elle donne, présentent des apparences très variables :

La couleur de la terre varie du jaune très pâle au jaune brun.

Les cailloux et les graviers sont en général peu abondants ; ils sont constitués par des fragments de calcaire ou de marne calcaire, quelquefois mélangés de petites quantités de cailloux roulés siliceux. Ces derniers, sont les vestiges des formations plus récentes, qui recouvraient autrefois celle-ci, d'un manteau plus ou moins continu. Les cailloux sont souvent plus abondants dans le sous-sol que dans le sol, surtout dans les terres qui ont été formées par la désagrégation des marnes jaunes : elles se délitent facilement dans les couches supérieures, où elles sont au contact de l'air et de l'eau ; tandis qu'elles résistent davantage dans les couches inférieures où l'air se renouvelle plus difficilement [1].

L'ensemble des sables grossiers varie dans des limites assez grandes, aussi bien dans le sol que dans le sous-sol : de 55 grammes à 405 grammes par kilog. dans le sol, de 39 à 452, dans le sous-sol,

Les variations des sables fins sont moins considérables, mais encore notables de 383 à 689 ; il en est de même pour l'argile qui varie de 164 à 390.

D'une manière générale les terres sont moins riches que la terre franche en éléments grossiers, mais plus riches qu'elle en éléments fins. Elles présentent dans leurs propriétés mécaniques et physiques des différences notables : tantôt fortes,

---

(1) Cette action désagrégeante est due surtout à l'oxydation du carbonate ferreux, oxydation manifestée par le changement de couleur qui se produit dans le sol travaillé, dont la teinte se fonce peu à peu.

## Analyse mécanique

| Numéros des échantillons | Cailloux | | Graviers | | Terres fines |
|---|---|---|---|---|---|
| 2. Sol de 0 25........ ...... | 27 | (c) | 33 | (c) | 940 |
| Sous-sol de 25 à 50........ | 122 | (c) | 38 | (c) | 840 |
| 44 Sol de 0 20.. ........... | 1 | (c) | 11 | (c) | 988 |
| 45. Sol de 0 à 30............ | 2 | (c) | 20 | (c) | 978 |
| 46. Sol de 0 à 30............ | 6 | (c + m) (1) | 13 | (c + s) | 981 |
| 47. Sol de 0 à 30............ | 7 | (c + m) | 6 | (c) | 987 |
| 48 Sol de 0 à 40.......... .. | 7 | (c + m) | 13 | (c) | 980 |
| 50. Sol de 0 à 30............ | 15 | (c + m) | 22 | (c + m) | 943 |
| Sous-sol de 30 à 60........ | 13 | (c + m) | 23 | (c + m) | 944 |
| 1. Sol de 0 à 10............. | 2 | (c + s) | 19 | (c + s) | 979 |
| Sous-sol de 10 à 35........ | 98 | (c + s) | 53 | (c + s) | 849 |
| Sous-sol de 35 à 50........ | 125 | (c) | 128 | (c) | 747 |

## Analyse physique

| Numéros des échantillons | Sable grossier | | | Sable fin | | | Argile | Humus |
|---|---|---|---|---|---|---|---|---|
| | calcaire | non calc. | total | calcaire | non calc. | total | | |
| 2. Sol de 0 à 25... .... | 158 | 247 | 405 | 287 | 117 | 404 | 186 | 5 |
| Sous-sol de 25 à 50. | 151 | 186 | 337 | 336 | 109 | 445 | 216 | 1 |
| 44. Sol de 0 à 30.. ... . | 6 | 155 | 161 | 40 | 405 | 445 | 390 | 4 |
| 45. Sol de 0 à 30.... ... | 24 | 105 | 129 | 181 | 331 | 512 | 356 | 3 |
| 46. Sol de 0 à 30........ | 20 | 111 | 131 | 167 | 346 | 513 | 350 | 6 |
| 47. Sol de 0 à 30 | 71 | 18 | 89 | 351 | 251 | 602 | 307 | 2 |
| 48. Sol de 0 à 30........ | 107 | 29 | 136 | 336 | 250 | 586 | 276 | 2 |
| 50. Sol de 0 à 30........ | 38 | 17 | 55 | 301 | 371 | 672 | 271 | 2 |
| Sous-sol de 30 à 60. | 23 | 16 | 39 | 338 | 351 | 689 | 271 | 1 |
| 1. Sol de 0 à 10 ....... | 14,5 | 325 | 339.5 | 0 | 212 | 212 | 425 | 23,5 |
| Sous-sol de 10 à 35. | 27 | 493 | 520 | 22 | 132 | 154 | 322 | 4 |
| Sous-sol de 35 à 50. | 195 | 257 | 452 | 295 | 88 | 383 | 164 | 1 |

(1) (c + m), calcaires marneux.

## Analyse chimique de la terre fine

| Numéros des échantillons | Calcaire | Azote | Acide phosphorique | Potasse | Chaux | Magnésie |
|---|---|---|---|---|---|---|
| | % | °/₀₀ | °/₀₀ | °/₀₀ | °/₀₀ | °/₀₀ |
| 2. Sol de 0 à 25........ | 44,5 | 0,9 | 0,69 | 1,52 | 238 | 8,1 |
| Sous-sol de 25 à 30. | 48,7 | 0,33 | 0,64 | 1,5 | 332 | 4,2 |
| 44. Sol de 0 à 30........ | 4,6 | 1,32 | 0,49 | 2,51 | 32,9 | 0,11 |
| 45. Sol de 0 à 30........ | 20,5 | 1,35 | 0,72 | 2,40 | 115 | 0,68 |
| 46. Sol de 0 à 30........ | 18,7 | 1,25 | 0,66 | 2,29 | 109 | 3,43 |
| 47. Sol de 0 à 30 ..... | 42,2 | 1,16 | 0,95 | 2,76 | 254 | 3,30 |
| 48. Sol de 0 à 30........ | 44,3 | 0,84 | 0,93 | 1,63 | 279 | 4,84 |
| 50. Sol de 0 à 30........ | 33,9 | 0,87 | 0,98 | 1,64 | 231 | 0,85 |
| Sous-sol de 30 à 60. | 36,1 | 0,65 | 1,03 | 1,40 | 210 | 0,56 |
| 1. Sol de 0 à 10........ | 1,45 | 2,7 | 0,57 | 4,40 | 18,7 | 5,4 |
| Sous-sol de 10 à 35. | 4,9 | 0,6 | 0,34 | 3,0 | 27,0 | 2,1 |
| Sous-sol de 35 à 60 | 49,6 | 0,35 | 0,71 | 2,28 | 264 | 7,3 |

## Analyse chimique de la terre complète sèche

| Numéros des échantillons | Calcaire | Azote | Acide phosphorique | Potasse | Chaux | Magnésie |
|---|---|---|---|---|---|---|
| | % | °/₀₀ | °/₀₀ | °/₀₀ | °/₀₀ | °/₀₀ |
| 2. Sol de 0 à 25........ | 41,7 | 0,84 | 0,65 | 1,42 | 223 | 7,6 |
| Sous-sol de 25 à 50. | 40,9 | 0,28 | 0,54 | 1,26 | 288 | 3,53 |
| 44. Sol de 0 à 30.......... | 4,55 | 1,30 | 0,48 | 2,48 | 32,5 | 0,11 |
| 45 Sol de 0 à 30........ | 20,0 | 1,31 | 0,70 | 2,34 | 112 | 0,66 |
| 46. Sol de 0 à 30........ | 18,4 | 1,23 | 0,65 | 2,25 | 107 | 3,37 |
| 47. Sol de 0 à 30....... | 41,7 | 1,14 | 0,94 | 2,72 | 251 | 3,25 |
| 48. Sol de 0 à 40........ | 43,4 | 0,82 | 0,91 | 1,60 | 273 | 4,75 |
| 50 Sol de 0 à 30........ | 32,0 | 0,82 | 0,90 | 1,55 | 218 | 0,80 |
| Sous-sel de 30 à 60. | 34,0 | 0,61 | 0,98 | 1,32 | 198 | 0,53 |
| 1. Sol de 6 à 10........ | 1,41 | 2,6 | 0,56 | 4,30 | 18,3 | 5,3 |
| Sous sol de 10 à 35. | 4,20 | 0,51 | 0,29 | 2,52 | 22,8 | 1,8 |
| Sous-sol de 35 à 60. | 36.6 | 0,26 | 0,53 | 1,70 | 198 | 5,46 |

difficiles à travailler (47 et 50) tantôt, au contraire meubles et faciles ; entre ces deux extrêmes on pourra rencontrer tous les types intermédiaires.

Le calcaire varie de 4,55 à plus de 40 %, mais les teneurs voisines ou supépérieures à 20 sont les plus fréquentes.

En outre le calcaire est toujours plus abondant dans le sable fin que dans le sable grossier ; or l'activité chimique (et par suite biologique) du calcaire est d'autant plus grande qu'il est à l'état de particules plus fines. Les terres calcaires de cette formation seront donc *très chlorosantes*.

Examinons maintenant les résultats de l'analyse chimique : les échantillons 1 et 44 se distinguent de tous les autres par leur teneur relativement faible en acide phosphorique, laissons-les de côté pour l'instant et considérons seulement les autres.

L'azote, comme on doit s'y attendre, subit des variations notables : il est sous la dépendance des méthodes culturales qui ont été pratiquées sur les divers points où ont été prélevés les échantillons. Les sols ont une teneur voisine ou supérieure à 1 gr., on peut donc dire d'une manière générale qu'ils ont une richesse suffisante en azote. Les sous-sols, pris dans les parties marneuses jaunes paraissent au contraire, devoir être quelquefois, comme celui de l'échantillon 2 avec 0,28, relativement plus pauvres.

La teneur en acide phosphorique oscille entre 0,65 et 0,94, dans le sol ; elle est, par conséquent, tantôt légèrement insuffisante, tantôt suffisante : l'emploi d'engrais complémentaires phosphatés doit donner de bons résultats.

L'engrais qui conviendra le mieux dans ces terres très calcaires est le superphosphate.

La potasse subit des variations plus importantes que l'acide phosphorique, de 1,26 à 2,72, tantôt en quantité insuffisante, tantôt en quantité suffisante, l'expérience seule peut donner des indications sur les bénéfices que peut fournir l'emploi des fumures complémentaires potassiques.

La magnésie éprouve des variations encore plus notables, même dans les sols qui paraissent très analogues par leur aspect extérieur, tels que les échantillons 2 et 50, où l'on trouve respectivement 8,1 et 0,85 de magnésie.

Toutes ces différences tiennent évidemment à ce que cette formation est le résultat de la superposition de plusieurs couches, ce sont tantôt les unes, tantôt les autres qui prédominent dans la formation du sol.

En ce qui concerne les échantillons 1 et 44 : le premier est prélevé (fig. 1), au sommet d'un mamelon sur lequel est resté un lambeau de la formation $p'_a$ : or, les terres qu'elle donne, comme nous le verrons plus tard, ne contiennent que de petites quantités d'acide phosphorique et des traces de calcaire seulement.

L'épaisseur de cette couche, nettement caractérisée par les cailloux roulés qu'elle contient, atteint 35 cm. au point où le prélèvement a été effectué, dans une partie encore en broussaille. Au voisinage de la surface, elle est très riche en humus, à 10 cm. la coloration noire fait place à une teinte rouge, qui se poursuit jusqu'à 35 cm. où apparaissent les marnes jaunes parsemées de nodules blancs de calcaire et caractéristiques de $p_1$. On avait donc trois couches nettement séparées sur lesquelles on a prélevé des échantillons.

Le sol riche en humus (23,5 °/$_{oo}$), et aussi en azote (2,6), contient 0,57 d'acide phosphorique et 4,40 de potasse dans la terre fine ; tandis que le premier sous-sol, moins riche en azote, ne contient que 0,34 d'acide phosphorique et 3,0 de potasse. Les débris de végétaux qui se sont accumulés à la surface ont eu pour résultat de l'enrichir, non seulement en azote, mais aussi en acide phosphorique et en potasse. La teneur du premier sous-sol en acide phosphorique est très voisine de la teneur moyenne des terres de cette formation, qui est 0,33 (moyenne de 20 analyses).

Dans le second sous-sol, qui appartient à la formation $p_1$, la teneur en acide phosphorique est plus élevée, 0,71. La potasse varie en sens inverse, elle diminue lorsqu'on passe du sol au sous-sol.

Remarquons enfin que la teneur en calcaire diminue du sous-sol jusqu'à la surface dans des proportions considérables, elle tombe de 49,0 °/$_o$ à 1,45 °/$_o$. Or, les sols qui proviennent de $p'_a$ sont presque totalement dépourvus de calcaire, sa présence, dans le sol de cet échantillon, est due au voisinage de la couche calcaire de $p_1$, et cette teneur augmente à mesure qu'on se rapproche d'elle.

Si on remarque que la teneur des sols de $p_1$ est généralement supérieure à 20 °/$_o$, on pourra en conclure que les sols peu calcaires, comme 44 (qui contient seulement 4,6 °/$_o$), qu'on rencontre quelquefois dans cette formation sont des mélanges de $p_1$ et d'une des formations peu calcaires qui la recouvraient autrefois, et dont l'entraînement a été plus ou moins complet.

En outre, à la pénurie de calcaire correspondra une pénurie relative d'acide phosphorique : l'échantillon 44 ne contient plus, en effet, que 0,49 d'acide phosphorique.

Le dosage de l'acide sulfurique n'en décèle que des traces dans tous les échantillons, tout ce que nous avons dit, pour l'emploi du plâtre dans les terres de $m'$, s'applique aussi à celles de $p_1$.

Un autre fait nous paraît intéressant à signaler : les parties, où la marne jaune vient affleurer, sont généralement très peu fertiles, l'examen des résultats de l'analyse chimique ne donne aucune indication sur les causes de cette stérilité : la teneur en fer (de 28 à 32 gr. par kg.) est voisine de celle qu'on trouve dans beaucoup de terres, même très calcaires ; il n'y a ni sulfure, ni sulfate de fer, pas de sel. L'infertilité n'est pas d'ordre chimique, elle ne peut être attribuée qu'à la compacité de la terre : d'une part les racines n'y pénètrent que difficilement, d'autre part, par l'évaporation superficielle qui s'y produit pendant l'été, l'eau du sous-sol, chargée de calcaire, remonte vers la surface et y détermine la formation d'une croûte très dure. Aussi, bien que la végétation soit particulièrement active dans le Sahel, pendant la période hivernale, les parcelles où affleurent les marnes jaunes restent complètement dénudées.

## p<sub></sub>ᵃ Mollasse de Mustapha

La roche, qui a donné naissance aux terres arables, est ici constituée (voir la notice géologique) par des calcaires sableux, jaunâtres, friables, avec des bancs de calcaires grossiers plus ou moins durs.

Cette formation s'étend, au Sud d'Alger, en une large bande dont le bord passe à El-Biar, Ben-Aknoun, Birmandreïs, Kouba, le Ruisseau, Mustapha.

Elle apparaît, encore largement étalée, au Nord de Dély-Ibrahim.

Dans ces deux zones, les terres ont un aspect extérieur assez différent : dans la première leur couleur est d'un rouge foncé très caractéristique, leur épaisseur, quelquefois très réduite, atteint souvent plusieurs mètres ; dans la seconde zone, la couleur rouge est moins franche, tirant plus ou moins sur le jaune.

Les cailloux et les graviers sont généralement peu abondants, sauf dans le cas où la couche de terre arable est peu épaisse, comme dans l'échantillon 23, où la roche mère affleure à 60 centimètres environ de la surface. La présence de ces éléments diminue, dans ce cas, dans une proportion assez notable le pouvoir alimentaire de ces terres ; dans les autres, leur action est toujours faible, comme le montre la comparaison des résultats relatifs à la terre fine sèche à ceux relatifs à la terre complète sèche.

Ces cailloux et ces graviers sont souvent calcaires, ils ont alors pour origine la roche mère, mais on y rencontre aussi fréquemment des cailloux et des graviers roulés siliceux, résidus de formations plus récentes dont on voit encore quelques lambeaux dans ces deux zones.

Dans tous les échantillons l'analyse ne décèle que des traces de calcaires, sauf dans 23. Dans celui-ci, comme on le faisait remarquer plus haut, l'épaisseur de la couche arable est très faible, et c'est grâce au voisinage de la roche qu'une proportion notable de calcaire a pu être introduite dans le sol par les instruments aratoires qui l'attaquent facilement (mollasse).

Quoique provenant de la désagrégation de roches très calcaires, ces terres sont presque totalement décalcarisées.

Les autres éléments constituants : sables, argile, humus, varient dans de larges limites ; l'échantillon 56 se rapproche par sa constitution de la terre franche, avec 593 gr. de sable grossier, 299 de sable fin, 105 d'argile, 3 d'humus ; il n'en diffère que par le manque de calcaire. L'échantillon 57, prélevé non loin du précédent, mais dans une partie plus basse, est par contre nettement argileux : il contient 612 gr. d'argile dans le sol et 739 dans le sous-sol.

## Analyse mécanique

| Numéros des échantillons | Cailloux | Graviers | Terre fine |
|---|---|---|---|
| 22. Sol de 0 à 20.............. | 8 (c) | 62 (c) | 930 |
| Sous-sol de 20 à 40........ | 11 (c) | 63 (c) | 926 |
| 23. Sol de 0 à 20.............. | 183 (c) | 147 (c) | 670 |
| Sous-sol de 20 à 40........ | 163 (c) | 136 (c) | 701 |
| 54. Sol de 0 à 30.............. | 16 (c + s) | 24 (c + s) | 960 |
| Sous-sol de 30 à 55........ | 8 (s) | 20 (s) | 972 |
| 55. Sol de 0 à 40.............. | 12 (s) | 20 (s) | 968 |
| 56. Sol de 0 à 30.............. | 16 (s) | 24 (s) | 960 |
| Sous-sol de 30 à 55........ | 16 (s) | 20 (s) | 964 |
| 57. Sol de 0 à 30.............. | 14 (s) | 34 (s) | 952 |
| Sous-sol de 30 à 55........ | 0 | 8 (s) | 992 |
| 58. Sol de 0 à 30.............. | 2 (s) | 21 (s) | 977 |
| Sous-sol de 30 à 55........ | 2 (s) | 16 (s) | 982 |
| 59. Sol de 0 à 30.............. | 8 (s) | 14 (s) | 978 |
| 60. Sol de 0 à 30.............. | 5 (s) | 21 (s) | 974 |
| 65. Sol de 0 à 30.............. | 0 | 44 (s) | 956 |
| 66. Sol de 0 à 30.............. | 10 (s) | 40 (s) | 950 |

## Analyse physique

| Numéros des échantillons | Sable grossier | | | Sable fin | | | Argile | Humus |
|---|---|---|---|---|---|---|---|---|
| | calcaire | non calc. | total | calcaire | non calc. | total | | |
| 22. Sol de 0 à 20....... | 0 | 426 | 426 | 0 | 197 | 197 | 372 | 5 |
| Sous-sol de 20 à 40. | 0 | 436 | 436 | 0 | 225 | 225 | 337 | 2 |
| 23. Sol de 0 à 20....... | 305 | 165 | 470 | 184 | 122 | 306 | 209 | 15 |
| Sous-sol de 20 à 40. | 279 | 173 | 452 | 236 | 137 | 373 | 166 | 9 |
| 54. Sol de 0 à 30....... | 0 | 432 | 482 | 0,4 | 248 | 248,4 | 263 | 6,5 |
| Sous-sol de 30 à 55. | 0 | 357 | 357 | 0,2 | 233 | 233,2 | 408 | 1,8 |
| 55. Sol de 0 à 40....... | 0 | 400 | 400 | 0,4 | 352 | 352,4 | 245 | 2,6 |
| 56. Sol de 0 à 30....... | 0 | 593 | 593 | 0 | 299 | 299 | 105 | 3 |
| Sous-sol de 30 à 60. | 0 | 410 | 410 | 1,3 | 312 | 313,3 | 274 | 2,4 |
| 57. Sol de 0 à 30....... | 0 | 206 | 206 | 0 | 179 | 179 | 612 | 3 |
| Sous-sol de 30 à 60. | 0 | 130 | 130 | 0 | 129 | 129 | 739 | 2 |
| 58. Sol de 0 à 30....... | 0 | 283 | 283 | 1 | 395 | 396 | 319 | 2 |
| Sous-sol de 30 à 60. | 0 | 285 | 285 | 0 | 216 | 216 | 498 | 1 |
| 59. Sol de 0 à 30....... | 0 | 474 | 474 | 0 | 195 | 195 | 329 | 2 |
| 60. Sol de 0 à 30....... | 0 | 310 | 310 | 0 | 287 | 287 | 401 | 2 |
| 65. Sol de 0 à 30....... | 0 | 305 | 305 | 3 | 300 | 303 | 389 | 3 |
| 66. Sol de 0 à 30....... | 0 | 406 | 406 | 2 | 325 | 327 | 262 | 5 |

## Analyse chimique de la terre fine sèche

| Numéros des échantillons | Calcaire | Azote | Acide phosphorique | Potasse | Chaux | Magnésie |
|---|---|---|---|---|---|---|
| | % | ‰ | ‰ | ‰ | ‰ | ‰ |
| 22. Sol de 0 à 20....... | 0 | 2,06 | 0,94 | 3,05 | 7,05 | 1,13 |
| Sous-sol de 20 à 40. | 0 | 0,89 | 0,53 | 2,41 | 2,9 | 1,29 |
| 23. Sol de 0 à 20....... | 48,9 | 3,04 | 2.28 | 2,36 | 255,5 | 1,03 |
| Sous-sol de 20 à 40. | 51,5 | 2,18 | 2,07 | 2,39 | 239 | 1,12 |
| 54. Sol de 0 à 30 ...... | 0,04 | 1,50 | 0,50 | 1,60 | 3,7 | 0,37 |
| Sous-sol de 30 à 55. | 0,02 | 0.93 | 0,37 | 1,95 | 4,44 | 0,71 |
| 55. Sol de 0 à 40....... | 0,04 | 0,71 | 0,45 | 1,68 | 3,15 | 0,37 |
| 56. Sol de 0 à 30....... | traces | 1,43 | 0,50 | 1,37 | 0,28 | 0,51 |
| Sous-sol de 30 à 60. | 0,13 | 0,76 | 0,43 | 1,57 | 4,10 | 0,81 |
| 57. Sol de 0 à 30....... | traces | 1,14 | 0,53 | 2,88 | 4,80 | 0,26 |
| Sous-sol de 30 à 60. | — | 1,01 | 0,42 | 2,45 | 0,30 | 1,60 |
| 58. Sol de 0 à 30.... .. | 0,11 | 0,90 | 0,47 | 1,35 | 3,67 | 1,55 |
| Sous-sol de 30 à 60. | traces | 0,62 | 0,34 | 1,51 | 0,29 | 0,83 |
| 59. Sol de 0 à 30....... | — | 0,72 | 0,32 | 1,43 | 1,43 | 1,29 |
| 60. Sol de 0 à 30 ...... | — | 0,92 | 0,61 | 1,70 | 1,70 | 1,05 |
| 65. Sol de 0 à 30....... | 0.3 | 1,53 | 0,91 | 1,76 | 6,96 | 1,80 |
| 66. Sol de 0 à 30... ... | 0,2 | 1.23 | 0,72 | 1,34 | 6,90 | 1,40 |

## Analyse chimique de la terre complète sèche

| Numéros des échantillons | Calcaire | Azote | Acide phosphorique | Potasse | Chaux | Magnésie |
|---|---|---|---|---|---|---|
| | % | ‰ | ‰ | ‰ | ‰ | ‰ |
| 22. Sol de 0 à 20.... .. | 0 | 1,92 | 0,87 | 2,87 | 6,55 | 1,05 |
| Sous-sol de 20 à 40. | 0 | 0,82 | 0,49 | 2,23 | 2,7 | 1,19 |
| 23. Sol de 0 à 20....... | 32,7 | 2,03 | 1,54 | 1,58 | 171 | 0,64 |
| Sous-sol de 20 à 40. | 36,1 | 1.53 | 1,45 | 1.671 | 67,5 | 0,78 |
| 54. Sol de 0 à 40....... | 0,04 | 1,41 | 0,47 | 1,50 | 3,5 | 0,34 |
| Sous-sol de 30 à 55. | 0,02 | 0,88 | 0,35 | 1,86 | 4 23 | 0,68 |
| 55. Sol de 0 à 40....... | 0,04 | 0,67 | 0,42 | 1,59 | 2,96 | 0,35 |
| 56. Sol de 0 à 30..... . | traces | 1,35 | 0,47 | 1,28 | 0,28 | 0,48 |
| Sous-sol de 30 à 60. | 0,13 | 0,72 | 0,41 | 1,50 | 3,92 | 0,77 |
| 57. Sol de 0 à 30....... | traces | 1,03 | 0,48 | 2,58 | 4,40 | 0,24 |
| Sous-sol de 30 à 60. | — | 1,00 | 1,42 | 2,42 | 0,30 | 1,58 |
| 58. Sol de 0 à 30....... | 0,1 | 0,85 | 0,46 | 1,32 | 3,67 | 1,47 |
| Sous-sol de 30 à 60. | traces | 0,59 | 0.33 | 1,44 | 0,28 | 0,79 |
| 59. Sol de 0 à 30....... | traces | 0.68 | 0,30 | 1,37 | 1,37 | 1,23 |
| 60. Sol de 0 à 30....... | — | 0,82 | 0,54 | 1,51 | 0,14 | 0,94 |
| 65. Sol de 0 à 30....... | 0,28 | 1,40 | 0,84 | 1,62 | 6,40 | 1,65 |
| 66. Sol de 0 à 30....... | 0,19 | 1,14 | 0,67 | 1,24 | 6,65 | 1,29 |

La constitution physique est donc très variable. Il est certain que dans les remaniements qui s'effectuent d'une manière continue dans ces terres, par l'action de l'eau, les éléments les plus fins sont le plus facilement entraînés : les parties basses s'enrichissent en argile aux dépens des parties hautes. D'autre part, les eaux d'infiltration ont pour effet d'entraîner, elles aussi, les particules fines dans le sous-sol, celui-ci est plus riche en argile que le sol.

Ce fait, bien connu d'ailleurs, se constate nettement dans les échantillons 54, 56, 57, 58. Par les défoncements on remonte généralement vers la surface les parties inférieures, le sol devient alors plus argileux qu'il n'était avant : les échantillons 59 et 60, pris dans une vigne plantée depuis sept ans sur un défoncement de 60 centimètres, doivent se trouver dans ces conditions.

Une conclusion générale se dégage, cependant, de tous ces résultats : c'est qu'on modifierait utilement la *condition* de ces terres par le chaulage (exception faite, toutefois, pour les sols peu profonds et très calcaires, tels que 23).

Non seulement la chaux aiderait à la conservation de l'état particulaire produit par le travail, mais encore elle faciliterait la nitrification et l'assimilation de l'azote, qui est relativement abondant dans certaines de ces terres : on y trouve assez souvent 1,5, et même jusqu'à 2 et 3 gr. Elle aiderait aussi l'assimilation de l'acide phosphorique.

Dans quelques-uns des échantillons, la teneur en azote est relativement plus faible que celles que nous venons de signaler (0,7 à 0,9) cela peut tenir à deux causes :

Les sous-sols sont, comme nous l'avons remarqué, plus pauvres que les sols, on le constate encore ici dans tous les cas. Or les échantillons relativement pauvres ont précisément été pris dans des parcelles qui ont été défoncées à une époque récente (il y a sept ans), le mélange du sol et du sous-sol effectué par ce travail a dû nécessairement abaisser la teneur en azote.

Cette pauvreté peut être aussi attribuée au chaulage : les terres dont nous parlons ont été chaulées, il y a une quinzaine d'années ; la chaux nous venons de le dire, facilite l'assimilation de l'azote du sol, elle en provoque par suite un épuisement plus rapide. Il est nécessaire, pour éviter cet épuisement, de faire des apports notables de fumier, destinés à effectuer la restitution. Il peut se faire qu'on n'ait pas obéi d'assez près à cette nécessité, et qu'un épuisement au moins partiel se soit produit.

Quoiqu'il en soit, nous croyons utile de rappeler ce proverbe bien connu : « La chaux enrichit le père et ruine le fils ». Mais ce proverbe n'est vrai, que si on perd de vue que la chaux est un amendement et non un engrais, qu'elle ne peut le remplacer. Elle enrichira, au contraire le fils aussi bien que le père, si on l'associe à de copieuses fumures [1].

L'acide phosphorique est plus abondant dans la première zone que dans la seconde : dans la première, les terres en contiennent dans les parties où le sol est profond de 0,72 à 0,94 par kg., c'est-à-dire des quantités sensiblement suffisantes pour assurer la nutrition. Les sols peu épais en contiennent bien davantage ; l'échantillon 23 est riche, il contient 2,28 par kg. Le voisinage de la roche mère introduit à la fois du calcaire et de l'acide phosphorique.

Dans la deuxième zone, au Nord de Dély-Ibrahim, les terres sont relativement plus pauvres, la teneur du sol varie de 0,32 à 0,61. Le sol est généralement un peu plus riche que le sous-sol.

L'emploi d'abondantes fumures phosphatées est tout indiqué dans cette zone ; il peut aussi donner de bons résultats dans la première, mais on ne peut l'affirmer.

Dans ces terres décalcarisées, les scories qui contiennent environ 50 % de leur poids de chaux, sont les engrais auxquels on doit donner la préférence ; les superphosphates ne pourraient, par leur acidité, que gêner la nitrification et faciliter l'entraînement des traces de calcaire qu'elles contiennent encore.

La potasse varie de 1,34 à 3,05 dans le sol de la première zone [2] ; sans qu'on puisse faire de remarques bien précises sur ces variations : les sols les plus argileux sont souvent riches en potasse ; mais il n'y a pas de relation nette entre les proportions d'argile et de potasse, les plus riches en argile ne sont pas toujours les plus riches en potasse [3].

---

(1) Autrefois on employait des doses massives de chaux, mais à de longs intervalles (20 à 40,000 kgs pour 20 ans) ; aujourd'hui, on chaule plus souvent avec des doses plus faibles : 1.000 à 2.000 kgs, pour une période de six ans.

(2) Le sol est généralement plus riche en azote et en acide phosphorique que le sous-sol ; il n'en est pas de même pour la potasse : on en trouve tantôt plus, tantôt moins dans le sol que dans le sous-sol. Ce sont les débris des végétations antérieures et actuelles, qui produisent en s'accumulant sur le sol, son enrichissement relatif en azote et en acide phosphorique ; on peut penser que la potasse, contenue dans ces débris sous forme de sels plus solubles, est entraînée plus ou moins (selon la situation du sol) par les eaux de ruissellement. Les résultats fournis par l'échantillon 57 justifient cette manière de voir : il est pris dans une partie basse, où le ruissellement est moins intense qu'ailleurs, et le sol y est plus riche que le sous-sol.

(3) On sait que l'argile provient de la décomposition des feldspaths : la dissolution par l'eau de la potasse qu'ils contiennent, entraîne la désagrégation de la roche et sa transformation en kaolin, silicate d'alumine hydraté. Mais la désagrégation de la roche s'effectue bien avant que toute la potasse n'ait été dissoute par l'eau, et les argiles qui résultent de cette désagrégation peuvent avoir des teneurs en potasse variables.

Certains sols sont donc riches, d'autres au contraire un peu pauvres : la proportion relativement élevée d'argile que contiennent ces terres permet de prévoir que leur potasse en sera facilement assimilable. Cependant l'essai des engrais potassiques doit être tenté, ils doivent dans les terres relativement pauvres donner de bons résultats.

La chaux, bien que les terres ne soient pas calcaires, est le plus souvent en quantité suffisante pour assurer l'alimentation des végétaux : ceci n'est pas contradictoire avec ce que nous avons dit plus haut à propos du chaulage ; la chaux ne jouerait ici que le rôle d'un amendement.

La magnésie est généralement en quantité suffisante, dans certains échantillons elle est en déficit dans le sol, mais le sous-sol en contient alors davantage, l'emploi des engrais magnésiens n'est donc pas nettement indiqué.

En résumé, les terres peu calcaires de cette formation sont : dans la première zone, riches en azote, moyennement riches en acide phosphorique et en potasse ; dans la deuxième zone, elles paraissent moins riches en éléments nutritifs, c'est l'acide phosphorique qui fait le plus défaut : l'emploi des scories y est tout indiqué.

Remarquons, qu'on trouve, au centre de cette zone, plusieurs lambeaux de la formation $p'_a$ , dont la pauvreté en acide phosphorique a déjà été signalée. Il semble donc que le sol arable n'y a pas seulement pour origine la roche calcaire qui le soutient : il contient aussi des résidus de cette formation, qui le recouvrait autrefois, et que l'eau n'a qu'incomplètement entraînée. De là, une richesse moins grande en acide phosphorique. Ceci est d'ailleurs justifié par ce fait, que les cailloux et les graviers qu'on y rencontre sont identiques à ceux qu'on trouve dans les terres de $p'_a$ . De plus l'échantillon 59, le plus pauvre de tous, est précisément pris au voisinage d'un lambeau de cette formation : le mélange est ici certain.

## p,$^b$ Grès calcaires de l'Oued-Kerma

Cette formation, caractérisée géologiquement par des assises de calcaires et de calcaires gréseux intercalés de lits sableux, donne des terres ressemblant beaucoup, par leur aspect extérieur, à celle de la première zone de la formation précédente : ce sont des terres rouges, dont l'épaisseur peut atteindre plusieurs mètres en certains points, tandis qu'en d'autres au contraire, elle est excessivement réduite. On les rencontre surtout aux environs de Baba-Hassen et de Crescia, ainsi que sur les coteaux qui forment la bordure Sud du Sahel.

Dans les régions où la couche de terre est relativement épaisse (échantillon 32) la décalcarisation est presque complète ; il en est de même aussi, dans les régions où la couche est peu épaisse, lorsque le sol n'est pas travaillé (éch. 31) ; au contraire, lorsqu'il est travaillé, les instruments atteignent la roche et introduisent des proportions de calcaire plus ou moins considérables, c'est le cas de l'échantillon 29, où l'épaisseur de la couche de terre est très petite.

Les cailloux et les graviers varient donc dans de larges limites : tantôt peu abondants, ne modifiant presque pas la valeur nutritive déduite de l'analyse de la terre fine, tantôt au contraire la diminuant sensiblement (éch. 29).

A l'analyse physique, ces terres se montrent riches en éléments fins, l'argile y est toujours en proportion plus grande que dans la terre franche ; mais même les plus argileuses, comme l'échantillon 32 sont encore d'un travail facile.

L'azote comme toujours est très variable, il n'y en a que 0,67 dans l'éch. 29, et 2.85 dans l'éch. 31. Celui-ci est pris dans une partie encore couverte de broussailles, il est particulièrement intéressant, car il nous donne une idée de ce qu'étaient les terres de cette formation avant leur mise en culture.

Il est riche en humus, 24 gr. par kg., et en azote, 2,85. Le rapport de l'humus à l'azote y est relativement grand $\frac{24}{2,85} = 8,4$ : l'azote forme à peu près le huitième du poids total de l'humus. Celui-ci est donc très riche en matières hydrocarbonées, dont la décomposition facilitera l'assimilation de l'acide phosphorique et de la potasse. Dans l'éch. 30, voisin du précédent, la richesse en humus est encore assez élevée, 9 gr., la richesse en azote aussi, 2,07 ; le rapport de l'humus à l'azote est de 4,3, l'azote forme environ le quart du poids de l'humus, celui-ci et encore relativement actif. Tandis que dans l'éch. 32, très voisin du premier, et en culture depuis une vingtaine d'années, l'humus a presque complètement dis-

## Analyse mécanique

| Numéros des échantillons | Cailloux | | Graviers | | Terre fine |
|---|---|---|---|---|---|
| 19. Sol de 0 à 20.............. | 29 | (c + s) | 24 | (c + s) | 947 |
| Sous-sol de 20 à 40....... | 33 | (c + s). | 44 | (c + s) | 923 |
| 29. Sol de 0 à 40............. | 106 | (c) | 52 | (c) | 842 |
| 30. Sol de 0 à 30............. | 208 | (c) | 33 | (c) | 759 |
| 31. Sol de 0 à 20............. | 67 | (c + s) | 11 | (c) | 922 |
| 32. Sol de 0 à 45............. | 7 | (c + s) | 10 | (c + s) | 983 |
| Sous-sol de 45 à 60. ..... | 0 | | 0 | | 1.000 |

## Analyse physique

| Numéros des échantillons | Sable grossier | | | Sable fin | | | Argile | Humus |
|---|---|---|---|---|---|---|---|---|
| | calcaire | non calc. | total | calcaire | non calc. | total | | |
| 19. Sol de 0 à 20....... | 21 | 300 | 321 | 64 | 228 | 292 | 370· | 17 |
| Sous-sol de 20 à 40. | 35 | 195 | 230 | 68 | 200 | 268 | 500 | 2 |
| 29. Sol de 0 à 40... ... | 145 | 162 | 307 | 382 | 102 | 484 | 207 | 2 |
| 30. Sol de 0 à 30....... | 70 | 354 | 424 | 50 | 187 | 237 | 330 | 9 |
| 31. Sol de 0 à 20....... | 0 | 440 | 440 | 4 | 233 | 237 | 299 | 24 |
| 32. Sol de 0 à 45....... | 0 | 297 | 297 | 0 | 140 | 140 | 561 | 2 |
| Sous-sol de 45 à 60. | 0 | 177 | 177 | traces | 140 | 140 | 681 | 2 |

## Analyse chimique de la terre fine sèche

| Numéros des échantillons | Calcaire | Azote | Acide phosphorique | Potasse | Chaux | Magnésie |
|---|---|---|---|---|---|---|
| 19  Sol de 0 à 20....... | 8,5 | 2,41 | 2,15 | 7,8 | 50,0 | 5,95 |
| Sous-sol de 20 à 40. | 19,3 | 1,82 | 2,04 | 5,27 | 58,5 | 4,20 |
| 29. Sol de 0 à 40....... | 52,7 | 0,76 | 0,68 | 2,2 | 276 | 0,18 |
| 30. Sol de 0 à 30....... | 12,0 | 2,07 | 1,20 | 4,0 | 68,0 | 0,15 |
| 31. Sol de 0 à 20....... | 0,38 | 2,85 | 1,25 | 4,76 | 10,2 | 0,15 |
| 32. Sol de 0 à 45....... | traces | 1,09 | 1,23 | 4,45 | 5,90 | 3,10 |
| Sous-sol de 45 à 60. | traces | 0,91 | 1,11 | 4,09 | 6,70 | 5,20 |

## Analyse chimique de la terre complète sèche

| Numéros des échantillons | Calcaire | Azote | Acide phosphorique | Potasse | Chaux | Magnésie |
|---|---|---|---|---|---|---|
|  | °/₀ | °/₀₀ | °/₀₀ | °/₀₀ | °/₀₀ | °/₀₀ |
| 19. Sol de 0 à 20....... | 8,10 | 2,29 | 2,03 | 7,4 | 47,3 | 5,64 |
| Sous-sol de 20 à 40. | 9,50 | 1,68 | 1,76 | 4,76 | 54,0 | 3,88 |
| 29. Sol de 0 à 40....... | 44,5 | 0,64 | 0,57 | 1,85 | 233 | 0,15 |
| 30. Sol de 0 à 30....... | 9,12 | 1,57 | 0,91 | 3,03 | 51,6 | 0,11 |
| 31. Sol de 0 à 20....... | 0,35 | 2,64 | 1,15 | 4,40 | 9,46 | 0,14 |
| 32. Sol de 0 à 45.... .. | traces | 1,07 | 1,21 | 4,38 | 5,80 | 3,05 |
| Sous-sol de 45 à 60. | traces | 0,91 | 1,11 | 4,09 | 6,70 | 5,20 |

paru ; il n'y en a plus que 2 gr., l'azote est tombé à 1,09 dans le sol ; le rapport de l'humus à l'azote est très voisin de 2 : l'azote forme à peu près la moitié du poids de l'humus ; les matières hydrocarbonées ont été presque totalement brûlées. Elle sont maintenant en si petite quantité que leur action fertilisante doit être très faible. L'azote, lui-même, doit être peu assimilable, car depuis la mise en culture, les matières azotées les plus facilement assimilables ont été les premières utilisées.

On voit, par ces rapprochements, que l'humus disparaît très rapidement, sous le climat du Sahel, et qu'il importe, si on veut maintenir la fertilité, de le renouveler par des apports de fumier ou d'engrais verts.

Il est d'ailleurs nettement démontré, depuis longtemps, qu'il est beaucoup plus facile, et moins onéreux, de maintenir un sol fertile dans cet état, que de rétablir la fertilité d'un sol qu'on a laissé s'épuiser.

Les réserves d'acide phosphorique que contiennent les sols de cette formation sont en général suffisantes pour assurer la nutrition des végétaux : trois des échantillons, qui nous paraissent les plus caractéristiques de cette formation, en contiennent un peu plus de 1 gr. (30, 31, 32) ; un autre 19 est riche, avec 2,15 dans le sol. Seul l'échantillon 29 est relativement plus pauvre, il est pris sur un coteau où les calcaires gréseux viennent affleurer à la surface, non loin d'ailleurs d'un pointement de p'$_a$ dont la teneur en acide phosphorique est toujours très faible ; c'est sans doute, comme on l'a déjà remarqué, ce voisinage qui est la cause de cette pauvreté.

Nous croyons, cependant, pouvoir conclure de ces analyses, que dans les environs de Baba-Hassen et de Crescia, surtout dans les régions où les terres de cette formation sont un peu profondes, elles sont moyennement riches en acide phosphorique.

Nous pouvons dire aussi, d'une manière certaine, qu'elles sont riches en potasse, en dehors de l'échantillon 29 qui n'en a que 2 gr. 2, tous les autres en contiennent 4 gr. et même plus.

En ce qui concerne l'acide phosphorique, on ne peut donc que conseiller d'obéir à la loi de restitution. Ces terres sont tantôt calcaires, tantôt presque complètement décalcarisées : dans ces dernières les scories doivent être préférées, tandis que dans les premières, les superphosphates seront sûrement plus actifs.

Les engrais potassiques pourraient, étant donné le stock relativement considérable de potasse que contiennent ces terres, être supprimés, pendant quelque temps, à la condition, toutefois, de mobiliser la potasse du sol, de faciliter son assimilation par l'enrichissement en humus et l'addition de plâtre.

Mais, il faut bien rappeler que l'action améliorante du plâtre n'est généralement sensible que si le sol est riche en humus.

Ces terres, comme celles que nous avons déjà vues, et d'ailleurs, comme toutes celles du Sahel que nous avons étudiées, sont très pauvres en acide sulfurique, le plâtre apportera cet élément et jouera à la fois le rôle d'amendement et d'engrais sulfaté.

### p‚ᶜ Grès et sables d'El-Achour

Les terres qui proviennent de cette formation s'étendent au Nord-Est et à l'Est d'El-Achour, en une large bande, qui se prolonge jusqu'à Draria. Une autre bande, reliée à la première par un isthme étroit, s'étend autour et au Sud-Est de Saoula.

Au centre de cette formation les terres sont sablonneuses, de couleur jaunâtre, contenant très peu de cailloux et de graviers roulés siliceux.

Le sous-sol, comme l'indique l'analyse physique, est généralement constitué par des terres plus argileuses, de couleur jaune ocreuse. L'épaisseur de la couche est variable ; en certains points, elle est bien supérieure à 1 mètre ; ainsi dans l'échantillon n° 16, le sous-sol argileux n'était pas encore atteint à cette profondeur.

Sur les bords, où viennent affleurer les grès, les cailloux et les graviers sont plus ou moins abondants (éch. 20 et 27) ; leur présence peut modifier sensiblement le pouvoir nutritif du sol. Les débris gréseux introduisent alors une proportion plus ou moins grande de calcaire.

L'analyse physique montre, qu'en général, *au centre de la formation*, le sol a une composition voisine de celle de la terre franche, n'en différant que par le manque absolu de calcaire. La proportion d'argile est plus grande dans le sous-sol que dans le sol : on voit nettement cet accroissement dans l'éch. n° 15. On se trouve donc en présence de terres très meubles, se travaillant facilement ; mais les effets du travail se sont pas durables.

Par suite de l'absence de calcaire, l'argile n'est pas coagulée, les agents atmosphériques (la pluie, le vent) désagrègent rapidement les particules de terre, et la continuité est ainsi rétablie. L'évaporation superficielle devient alors très active pendant la saison sèche, l'eau du sous-sol remonte à la surface, s'évapore et les petites quantités de substances dissoutes, qu'elle laisse, cimentent la couche superficielle et forment une croûte dure.

Dans ces parties, la chaux serait un amendement très actif : l'argile étant coagulée, l'état particulaire réalisé par les premiers travaux, se conserverait pendant plus longtemps ; les scarifiages nombreux, qui sont nécessaires, si on veut maintenir la surface meuble, seraient réduits dans une forte proportion, les réserves d'eau du sol seraient ainsi mieux utilisées par les végétaux.

D'autre part, la nitrification, par suite aussi de l'absence de calcaire, doit être très lente dans ces terres : c'est ainsi que dans une vigne, en effectuant les tran-

## Analyse mécanique

| Numéros des échantillons | Cailloux | | Graviers | | Terre fine |
|---|---|---|---|---|---|
| 15. Sol de 0 à 20............. | 4 | (s) | 24 | (s) | 972 |
| Sous-sol de 20 à 40....... | 6 | (s) | 52 | (s) | 942 |
| Sous-sol de 40 à 60....... | 6 | (s) | 59 | (s) | 935 |
| 16. Sol de 0 à 30............. | 2 | (s) | 9 | (s) | 989 |
| Sous-sol de 6 à 30........ | 1 | (s) | 12 | (s) | 987 |
| 17. Sol de 0 à 30............. | 0 | (s) | 2 | (s) | 998 |
| Sous-sol de 30 à 60....... | 1 | (s) | 15 | (s) | 984 |
| 20. Sol de 0 à 25............. | 1 | (s) | 11 | (s) | 988 |
| Sous-sol de 25 à 50........ | 77 | (s) | 33 | (s) | 890 |
| 21. Sol de 0 à 45............. | 0 | (s) | 2 | (s) | 998 |
| Sous-sol de 45 à 60........ | 1 | (s) | 2 | (s) | 997 |
| 34. Sol de 0 à 30............. | 2 | (s) | 16 | (s) | 982 |
| 27. Sol de 0 à 20............. | 148 | (c + s) | 19 | (c + s) | 833 |

## Analyse physique

| Numéros des échantillons | Sable grossier | | | Sable fin | | | Argile | Humus |
|---|---|---|---|---|---|---|---|---|
| | calcaire | non calc. | total | calcaire | non calc. | total | | |
| 15. Sol de 0 à 20........ | 0 | 656 | 656 | 0 | 156 | 156 | 181 | 7 |
| Sous-sol de 20 à 40. | 0 | 630 | 630 | 0 | 141 | 141 | 225 | 4 |
| Sous-sol de 40 à 60. | 0 | 635 | 635 | 0 | 85 | 85 | 278 | 2 |
| 16. Sol de 0 à 30........ | 0 | 756 | 756 | 0 | 121 | 121 | 116 | 7 |
| Sous-sol de 30 à 60 | 0 | 792 | 792 | 0 | 87 | 87 | 118 | 2 |
| 17. Sol de 0 à 30........ | 0 | 750 | 750 | 0 | 137 | 137 | 108 | 5 |
| Sous-sol de 30 à 60. | 0 | 557 | 557 | 0 | 118 | 118 | 322 | 3 |
| 20. Sol de 0 à 25..... ... | 3 | 304 | 307 | 4 | 220 | 224 | 465 | 4 |
| Sous-sol de 25 à 50. | 68 | 256 | 324 | 95 | 171 | 266 | 410 | 0.5 |
| 21. Sol de 0 à 25........ | 0,5 | 379 | 379,5 | 0,6 | 195 | 195,6 | 423 | 2 |
| Sous-sol de 45 à 60. | 3 | 386 | 389 | 1 | 192 | 193 | 417 | 1 |
| 34. Sol de 0 à 20........ | 0 | 518 | 518 | 0 | 194 | 194 | 272 | 4 |
| 27. Sol de 0 à 20........ | 46 | 581 | 627 | 75 | 134 | 209 | 163 | 1 |

## Analyse chimique de la terre fine sèche

| Numéros des échantillons | Calcaire | Azote | Acide phosphorique | Potasse | Chaux | Magnésie |
|---|---|---|---|---|---|---|
| | % | °/₀₀ | °/₀₀ | °/₀₀ | °/₀₀ | °/₀₀ |
| 15. Sol de 0 à 20 ...... . | 0 | 1,04 | 0,56 | 2,45 | traces | 0,69 |
| Sous-sol de 20 à 40. | 0 | 0,87 | 0,52 | 2,78 | 1.20 | 0,38 |
| Sous-sol de 40 à 60. | 0 | 0,64 | 0.41 | 3.12 | 1.5 | 0,30 |
| 16. Sol de 0 à 30........ | 0 | 0,86 | 0,44 | 1,55 | 1,10 | 0,73 |
| Sous-sol de 30 à 60. | 0 | 0 48 | 0,36 | 1,57 | 1,43 | 0,45 |
| 17. Sol de 0 à 30........ | 0 | 0,98 | 0,48 | 1,59 | 1,75 | 0,44 |
| Sous-sol de 30 à 60. | 0 | 0,93 | 0,33 | 2,81 | 0.15 | 1,16 |
| 20. Sol de 0 à 20........ | 0,74 | 1.67 | 0,78 | 3.31 | 10.85 | 1.36 |
| Sous-sol de 25 à 50. | 16,3 | 1,01 | 0,54 | 3,14 | 8,75 | 2,55 |
| 21. Sol de 0 à 45........ | 0,11 | 1,35 | 0,61 | 3,50 | 6,15 | 1,61 |
| Sous-sol de 45 à 60. | 0,4 | 0,99 | 0,79 | 3,94 | 7,72 | 1,61 |
| 34. Sol de 0 à 30...... . | 0 | 0,87 | 0,67 | 2,62 | 2.50 | 0,40 |
| 27. Sol de 0 à 20... .... | 12,1 | 1,02 | 0,94 | 2,77 | 54,1 | 0.16 |

## Analyse chimique de la terre complète sèche

| Numéros des échantillons | Calcaire | Azote | Acide phosphorique | Potasse | Chaux | Magnésie |
|---|---|---|---|---|---|---|
| | % | °/₀₀ | °/₀₀ | °/₀₀ | °/₀₀ | °/₀₀ |
| 15. Sol de 0 à 20........ | 0 | 1,01 | 0,54 | 2,38 | traces | 0,68 |
| Sous-sol de 20 à 40. | 0 | 0,82 | 0,49 | 2,62 | 1,13 | 0.36 |
| Sous-sol de 40 à 60. | 0 | 0,60 | 0,38 | 2,92 | 1,41 | 0,28 |
| 16. Sol de 0 à 30........ | 0 | 0,85 | 0,43 | 1,53 | 1,09 | 0,72 |
| Sous-sol de 30 à 60. | 0 | 0,48 | 0,35 | 1,54 | 1,40 | 0,54 |
| 17. Sol de 30 à 60...... | 0 | 0,98 | 0,48 | 1,59 | 1,75 | 0.44 |
| Sous-sol de 30 à 60. | 0 | 0,91 | 0,32 | 2,78 | 0,15 | 1,14 |
| 20. Sol de 0 à 25........ | 0,73 | 1.65 | 0,77 | 3,27 | 10,7 | 1,34 |
| Sous-sol de 25 à 50. | 14,5 | 0,93 | 0,48 | 2,80 | 7,8 | 2,27 |
| 21 Sol de 0 à 45........ | 0,11 | 1,35 | 0.61 | 3.50 | 6,14 | 1.61 |
| Sous-sol de 45 à 60. | 0,4 | 0,99 | 9.79 | 3.93 | 7,70 | 1,61 |
| 34. Sol de 0 à 30........ | 0 | 0.85 | 0.66 | 1,98 | 2,45 | 0,45 |
| 27. Sol de 0 à 20........ | 10,1 | 0.85 | 0.78 | 2.28 | 45.0 | 0,13 |

chées pour la prise des échantillons, nous avons rencontré des amas de fumier non décomposé, et cependant cette fumure datait de plus de 10 ans.

Certaines expériences ont montré que la fumure de la vigne, effectuée en enfouissant le fumier dans un trou creusé au pied du cep, ou entre les rangs, donnait de meilleurs résultats que l'épandage uniforme sur toute la surface et l'enfouissement par le labour. En serait-il de même ici ? Nous le croyons pas : si le fumier avait été largement disséminé dans le sol, il se serait plus facilement décomposé, malgré le manque de calcaire, et il aurait eu une action bien plus utile sur la végétation.

Ce n'est d'ailleurs pas un fait spécial à cette formation : dans plusieurs autres également très pauvres en calcaire, nous avons rencontré des tas de fumiers ou de marcs, enfouis depuis longtemps et non décomposés.

Le chaulage faciliterait la nitrification, mais les remarques que nous avons faites plus haut ne doivent pas être perdues de vue (p. 43).

Dans les terres situées au voisinage des affleurements de grès, le calcaire est plus ou moins abondant, les terres sont franches, quelquefois un peu plus fortes que la terre franche, mais toujours d'un travail facile ; les inconvénients que nous venons de signaler n'existent plus.

L'analyse chimique indique des quantités d'azote très voisines de 1 gr. en général, et par suite à peu près suffisantes.

Dans les terres très peu calcaires, les engrais azotés organiques ne se décomposeront que lentement ; parmi les engrais minéraux, les nitrates seuls pourront être utilisés, le sulfate d'ammoniaque, la cyanamide doivent être écartés.

L'acide phosphorique fait encore défaut dans ces terres ; dans la région centrale, le sol en contient de 0,43 à 0,66 par kg., le sous-sol est plus pauvre (0,35 en moyenne). Dans les régions en bordure, le calcaire a bien introduit aussi une petite quantité d'acide phosphorique, mais la teneur en est encore insuffisante (de 0,61 à 0,78 dans la terre complète).

Les engrais complémentaires phosphatés seront donc utiles ; dans les parties calcaires, on aura recours aux superphosphates ; dans les parties non calcaires, aux scories. Dans ces dernières, cependant, si on pratiquait le chaulage, on pourrait avoir recours aux superphosphates, mais il faudrait se garder d'en appliquer l'année même où le chaulage aura été effectué : la chaux transformerait le superphosphate en phosphate tricalcique bien moins actif. Ce n'est que les années suivantes, lorsque le carbonate de chaux qui s'est produit sera bien disséminé dans le sol, qu'on pourra les utiliser.

La potasse est plus variable. On constate cependant une relation entre la teneur en potasse et la teneur en argile : les terres argileuses sont riches, elles en contiennent plus de 3 gr., les moins argileuses n'ont plus que 1,53 à 1,59. Dans ces dernières, les engrais complémentaires potassiques doivent donner de bons résultats.

Dans les terres non calcaires, la chaux et la magnésie ne sont pas en quantité suffisante ; les amendements calcaires, qui seraient très utiles au point de vue des propriétés physiques et mécaniques du sol, agiraient aussi sur la nutrition. Les chaux magnésiennes, que l'on trouve aujourd'hui dans le commerce, apportant deux éléments qui font défaut, donneraient encore de meilleurs résultats, mais elles coûtent relativement très cher. Il serait sans nul doute plus économique d'avoir recours à la chaux ordinaire et à un engrais magnésien.

Ici encore, l'acide sulfurique n'existe qu'à l'état de traces, si on emploie des engrais potassiques, il faudra donner la préférence au sulfate de potasse. Les superphosphates contiennent aussi de l'acide sulfurique, ils apporteront une quantité suffisante de cet élément. Si on emploie des scories, il sera utile de leur associer du plâtre.

## p¹ Sables rouges et grès de Birkadem

C'est surtout aux environs de Birkadem, comme l'indique la notice géologique, que cette formation se trouve le plus largement représentée. On en rencontre aussi des lambeaux plus ou moins étendus en de nombreux points du Sahel.

Les terres de cette formation, de couleur rouge généralement, quelquefois jaune, ont une épaisseur considérable aux environs de Birkadem. Elles se distinguent de celles de la formation suivante, avec laquelle elles sont souvent en relation, par l'absence presque complète de cailloux roulés ; les graviers, uniquement siliceux, y sont aussi en très petite quantité : les résultats de l'analyse chimique rapportés à la terre complète ne diffèrent donc pas sensiblement de ceux de la terre fine.

La constitution physique est assez variable : tantôt, elles sont sablonneuses, comme l'échantillon 24, qui contient 800 gr. de sable grossier, 116 de sable fin et 80 d'argile; dans ce cas, l'excès de sable grossier, la pénurie de sable fin, font que ces terres s'agglomèrent difficilement en particules.

Tantôt, au contraire, elles contiennent une proportion d'argile beaucoup plus grande que celle qui correspond à la terre franche ; la diminution correspondante porte, soit sur le sable grossier, soit sur le sable fin.

Malgré ces différences, elles seront toujours d'un travail facile. Mais, elles sont presque totalement dépourvues de calcaire, l'argile n'y est pas coagulée, et les effets produits par le travail ne seront pas durables.

L'argile est toujours plus abondante dans le sous-sol que dans le sol ; les défoncements un peu profonds pourront donc améliorer très souvent les sols trop sablonneux.

Comme dans les terres de la formation précédente, le chaulage produirait les meilleurs effets.

A l'analyse chimique ces terres n'accusent que des proportions souvent très faibles d'azote ; d'ailleurs l'humus, qui est le réservoir de l'azote du sol, ne s'y trouve qu'en petite quantité. Les engrais azotés seront nécessaires : l'utilisation des engrais verts associés au chaulage, paraît être l'opération la plus pratique pour réaliser à la fois les fumures azotées et l'amendement du sol, pour la culture de la vigne tout au moins. Pour les cultures maraîchères, de primeurs, très abondantes dans certaines régions (Birkadem, Birmandreïs), l'emploi du fumier ou des gadoues, associés aux engrais chimiques est plus convenable : l'utilisation continue du sol par des cultures successives ne permet pas alors la pratique des engrais verts.

## Analyse mécanique

| Numéros des échantillons | Cailloux | Graviers | Terre fine |
|---|---|---|---|
| 24. Sol de 0 à 20...... ...... | 0 | 16 (s. | 984 |
| Sous-sol de 20 à 60....... | 0 | 9 (s. | 991 |
| 25. Sol de 0 à 25............ .... | 3 (s) | 49 (s) | 948 |
| Sous-sol de 25 à 45 ...... | 6 (s) | 41 (s) | 953 |
| 26. Sol de 0 à 25............ | 4 (s) | 80 (s) | 916 |
| Sous-sol de 25 à 45....... | 7 (s) | 10 (s) | 983 |
| 62. Sol de 0 à 30............ | 0 (s) | 6 (s) | 994 |
| 63. Sol de 0 à 30.......... .. | 0 (s) | 16 (s) | 984 |
| 64. Sol de 0 à 30............ ... | 0 (s) | 18 (s) | 982 |

## Analyse physique

| Numéros des échantillons | Sable grossier | | | Sable fin | | | Argile | Humus |
|---|---|---|---|---|---|---|---|---|
| | calcaire | non calc. | total | calcaire | non calc. | total | | |
| 24. Sol de 0 à 20....... | 0 | 799 | 799 | 0 | 116 | 116 | 80 | 5 |
| Sous-sol de 20 à 60. | 0 | 553 | 553 | 0 | 142 | 142 | 300 | 5 |
| 25. Sol de 0 à 25....... | 0 | 487 | 487 | 0 | 138 | 138 | 371 | 4 |
| Sous-sol de 25 à 45. | 0 | 474 | 474 | 0 | 82 | 82 | 443 | 1 |
| 26. Sol de 0 à 25....,.... | 0 | 670 | 670 | 0 | 183 | 183 | 143 | 4 |
| Sous-sol de 25 à 45. | 0 | 672 | 672 | 0 | 173 | 173 | 153 | 2 |
| 62. Sol de 0 à 30....... | 0 | 468 | 468 | 0 | 235 | 235 | 297 | 0,2 |
| 63. Sol de 0 à 30....... | 0 | 701 | 701 | 0 | 117 | 117 | 181 | 0,6 |
| 64. Sol de 0 à 30....... | 0 | 527 | 527 | 0 | 119 | 119 | 353 | 1 |

8

## Analyse chimique de la terre fine sèche

| Numéros des échantillons | Calcaire | Azote | Acide phosphorique | Potasse | Chaux | Magnésie |
|---|---|---|---|---|---|---|
| | % | °/°° | °/°° | °/°° | °/°° | °/°° |
| 24. Sol de 0 à 20....... | traces | 0,35 | 0,08 | 1,01 | 0,70 | 0,94 |
| Sous-sol de 20 à 60. | traces | 0,53 | 0,15 | 1,94 | 1,42 | 1,32 |
| 25. Sol de 0 à 25....... | traces | 0,94 | 0,46 | 2,44 | 2,75 | 0,15 |
| Sous-sol de 25 à 45. | traces | 0,73 | 0,25 | 2,73 | 2,58 | 0,18 |
| 26. Sol de 0 à 25....... | traces | 0,65 | 0.33 | 2,23 | 1,54 | 0,20 |
| Sous-sol de 25 à 45. | traces | 0,61 | 0,16 | 3,08 | 1,72 | 0,18 |
| 62 Sol de 0 à 30...... . | traces | 0,85 | 1,05 | 1,35 | 4,32 | 0,92 |
| 63 Sol de 0 à 30....... | traces | 0,39 | 0,36 | 1,20 | 2,03 | 0,12 |
| 64. Sol de 0 à 30....... | traces | 0,52 | 0,31 | 1,83 | 2,60 | 0,46 |

## Analyse chimique de la terre complète sèche

| Numéros des échantillons | Calcaire | Azote | Acide phosphorique | Potasse | Chaux | Magnésie |
|---|---|---|---|---|---|---|
| | % | °/°° | °/°° | °/°° | °/°° | °/°° |
| 24. Sol de 0 à 20....... | traces | 0,35 | 0.08 | 1,00 | 0,69 | 0,93 |
| Sous-sol de 20 à 60. | traces | 0,53 | 0.15 | 1,93 | 1,41 | 1.31 |
| 25 Sol de 0 à 25 | traces | 0,88 | 0.43 | 2,31 | 2,60 | 0,16 |
| Sous-sol de 25 à 45. | traces | 0,69 | 0,24 | 2,60 | 2,44 | 0,17 |
| 26. Sol de 0 à 25....... | traces | 0,60 | 0,30 | 2.05 | 1,41 | 0,18 |
| Sous-sol de 25 à 45. | traces | 0,60 | 0,16 | 3,02 | 1,69 | 0,18 |
| 62. Sol de 0 à 30....... | traces | 0,82 | 1.01 | 1,30 | 4,18 | 0,91 |
| 63. Sol de 0 à 30. ..... | traces | 0,37 | 0,34 | 1,16 | 1,95 | 0,12 |
| 64. Sol de 0 à 30 .. ... | traces | 0.49 | 0,29 | 1,72 | 2,45 | 0,43 |

L'acide phosphorique est très peu abondant, si on laisse de côté l'échantillon exceptionnel 62, tous les autres en contiennent de 0,08 à 0,43 seulement par kg. La profondeur du sol permet aux racines d'exploiter un cube de terre relativement grand, le sol est perméable, la circulation de l'eau s'y fait bien, et les plantes ne souffrent pas autant de cette pénurie que dans un sol moins profond ou plus compact. Mais l'emploi des engrais phosphatés doit donner d'excellents résultats ; les scories sont, encore ici, préférables aux superphosphates, parce qu'elles apportent au sol, en plus de l'acide phosphorique, environ 50 °/₀ de leur poids de chaux.

L'échantillon exceptionnel 62 n'avait pas été pris par nous, mais le point où il avait été prélevé était bien déterminé : en le repérant sur la carte, on constate qu'il est pris dans un cimetière arabe, sa richesse relative et *exceptionnelle*, pour cette formation, s'explique donc facilement.

La potasse paraît le plus souvent faire défaut dans le sol ; tandis que le sous-sol a une richesse suffisante : 2 gr. environ et quelquefois même 3 gr. par kg. La perméabilité de ces terres permet aux racines d'exploiter facilement les réserves du sous-sol, généralement profond, comme on l'a dit, d'autre part, l'argile y est en proportion assez élevée : il y a donc lieu de penser que la potasse est facilement assimilable.

L'essai cultural, seul, peut renseigner sur l'utilité de l'emploi d'engrais potassiques complémentaires.

La chaux dosée par l'analyse chimique y est toujours en quantité relativement faible (4,16 au maximum dans la terre complète). Les exigences des plantes en chaux sont généralement moindres que les exigences en potasse, toutefois, la chaux des silicates étant moins facilement assimilable que celle des carbonates, les amendements calcaires ne contribueront pas seulement à l'amélioration physique du sol, ils agiront aussi utilement sur la nutrition des végétaux.

La magnésie fait souvent défaut, l'addition d'engrais magnésiens paraît utile.

Ici encore, on ne trouve que des traces d'acide sulfurique : tout ce que nous avons dit sur l'emploi du plâtre et des engrais sulfatés est applicable.

## p¹ₐ Dépôts caillouteux du plateau d'Ouled-Fayet

C'est surtout, comme l'indique la notice géologique, sur le plateau qui s'étend entre Ouled-Fayet et St-Ferdinand et Sᵗᵉ-Amélie, que les terres provenant de cette formation sont largement représentées.

On en trouve aussi de nombreux lambeaux, d'étendue plus ou moins restreinte en divers points du Sahel.

Ce sont des terres rouges, caractérisées par la présence de cailloux et de graviers roulés siliceux. Ceux-ci, sont, en général peu abondants, quelquefois cependant ils le sont beaucoup et forment près de la moitié du sol lui-même, comme dans le sous-sol de l'échantillon 10. Ces cailloux et ces graviers réduisent alors dans une grande proportion la valeur nutritive de la terre.

Le calcaire fait encore complètement défaut dans toutes les terres de cette formation, l'argile y est mal coagulée, les eaux d'infiltration l'entraînent peu à peu dans le sous-sol, comme le montrent bien les résultats de l'analyse physique des divers échantillons du n° 10.

Dans les sols en friche, ou qui n'ont pas été profondément défoncés, les proportions des divers éléments constituants : sable grossier et fin, argile, humus, ne diffèrent pas beaucoup de celles qui caractérisent la terre franche (sable grossier : 600 à 700, sable fin : 200 à 300, argile : 100, humus : 10).

Des deux agents coagulants de l'argile : le calcaire et l'humus, c'est le dernier seul qu'on y rencontre en quantités variables, insuffisantes toutefois pour donner à ces terres une cohésion semblable à celle que prend la terre franche.

Tout ce que nous avons dit pour les terres de formations p·ᶜ et p¹ se retrouve ici : le travail en est très facile, mais les particules, plus ou moins bien coagulées par l'humus seul, ne tardent pas à se désagréger sous l'action des agents atmosphériques. La surface revient donc facilement continue, l'évaporation superficielle pendant la saison sèche y produit une croûte dure. Pour permettre aux végétaux d'utiliser le mieux possible les réserves d'eau du sous-sol, il faut éviter la formation de cette croûte : d'où la nécessité de scarifiages, relativement faciles, mais qui doivent être fréquemment répétés.

Le chaulage produirait au point de vue physique une amélioration notable, en coagulant l'argile il rendrait plus durable l'effet du travail.

Dans le sous-sol l'argile est en proportion plus considérable que dans le sol ; par les défoncements profonds, on ramène à la surface une certaine quantité d'argile. Les échantillons 7, 28, 35, 61, donnent une idée de la composition des sols qui résultent de ces mélanges ; les proportions d'argile sont augmentées, celles

## Analyse mécanique

| Numéros des échantillons | Cailloux | | Graviers | | Terre fine |
|---|---|---|---|---|---|
| 8. Sol de 0 à 30............. | 12 | (s) | 56 | (s) | 932 |
| Sous-sol de 30 à 50....... | 11 | (s) | 71 | (s) | 918 |
| 9. Sol de 0 à 20............. | 2 | (s) | 13 | (s) | 985 |
| Sous-sol de 20 à 40....... | 5 | (s) | 58 | (s) | 937 |
| 10. Sol de 0 à 10............. | 5 | (s) | 40 | (s) | 955 |
| Sous-sol de 10 à 20....... | 100 | (s) | 97 | (s) | 803 |
| de 20 à 40........ | 200 | (s) | 248 | (s) | 552 |
| de 40 à 50........ | 20 | (s) | 187 | (s) | 793 |
| 11. Sol de 0 à 20............. | 116 | (s) | 87 | (s) | 797 |
| Sous-sol de 20 à 50....... | 12 | (s) | 18 | (s) | 970 |
| 12. Sol de 0 à 25........... . | 36 | (s) | 96 | (s) | 868 |
| 13. Sol de 0 à 30............. | 9 | (s) | 31 | (s) | 960 |
| 33. Sol de 0 à 20............. | 249 | (s) | 182 | (s) | 669 |
| 14. Sol de 0 à 25........... .. | 31 | (s) | 29 | (s) | 940 |
| Sous-sol de 25 à 50.. .... | 4 | (s) | 33 | (s) | 963 |
| 28. Sol de 0 à 20............. | 68 | (s) | 126 | (s) | 806 |
| 61. Sol de 0 à 30............. | 15 | (s) | 31 | (s) | 954 |
| Sous-sol de 30 à 55....... | 13 | (s) | 12 | (s) | 975 |
| 35. Sol de 0 à 30..... ...... | 2 | (s) | 31 | (s) | 967 |
| 7. Sol de 0 à 40.......... .. | 47 | (c + s) | 31 | (c + s) | 922 |
| 1. Sol de 0 à 10............ ...... | 2 | (c + s) | 19 | (c + s) | 979 |
| Sous-sol de 10 à 35....... | 98 | (c + s) | 53 | (c + s) | 849 |
| Sous-sol de 35 à 50...... | 125 | (c) | 128 | (c) | 747 |

## Analyse physique

| Numéros des échantillons | Sable grossier | | | Sable fin | | | Argile | Humus |
|---|---|---|---|---|---|---|---|---|
| | calcaire | non calc. | total | calcaire | non calc. | total | — | — |
| 8. Sol de 0 à 30 ... ... | 0 | 654 | 654 | 0 | 194 | 194 | 142 | 10 |
| Sous-sol de 30 à 50.. | 0 | 325 | 325 | 0 | 182 | 182 | 488 | 5 |
| 9. Sol de 0 à 20....... | 0 | 496 | 496 | 0 | 261 | 261 | 228 | 15 |
| Sous-sol de 20 à 40.. | 0 | 517 | 517 | 0 | 243 | 243 | 227 | 13 |
| 10. Sol de 0 à 10....... | 0 | 686 | 686 | 0 | 230 | 230 | 68 | 16 |
| Sous-sol de 10 à 20.. | 0 | 612 | 612 | 0 | 250 | 250 | 133 | 5 |
| — de 20 à 40... | 0 | 527 | 527 | 0 | 196 | 196 | 274 | 3 |
| — de 40 à 50... | 0 | 327 | 327 | 0 | 179 | 179 | 487 | 7 |
| 11. Sol de 0 à 20....... | 0 | 701 | 701 | 0 | 156 | 156 | 128 | 15 |
| Sous-sol de 20 à 50.. | 0 | 481 | 481 | 0 | 136 | 136 | 380 | 3 |
| 12. Sol de 0 à 25....... | 0 | 625 | 625 | 0 | 233 | 233 | 135 | 7 |
| 13. Sol de 0 à 30....... | 0 | 556 | 556 | 0 | 262 | 262 | 173 | 9 |
| 33. Sol de 0 à 20....... | 0 | 653 | 653 | 0 | 243 | 243 | 98 | 6 |
| 14. Sol de 0 à 25....... | 0 | 511 | 511 | 0 | 347 | 347 | 129 | 12 |
| Sous-sol de 25 à 50.. | 0 | 522 | 522 | 0 | 336 | 336 | 137 | 5 |
| 28. Sol de 0 à 20....... | 0 | 341 | 341 | 0 | 137 | 137 | 517 | 5 |
| 61. Sol de 0 à 30....... | 0 | 308 | 308 | 0 | 194 | 194 | 495 | 3 |
| Sous-sol de 30 à 55.. | 0 | 286 | 286 | 0 | 163 | 163 | 549 | 2 |
| 35. Sol de 0 à 30....... | Traces | 302 | 302 | Traces | 243 | 243 | 447 | 8 |
| 7. Sol de 0 à 40....... | 3 | 524 | 527 | 1 | 159 | 160 | 310 | 3 |
| 1. Sol de 0 à 10....... | 15 | 325 | 340 | 0 | 212 | 212 | 425 | 23 |
| Sous-sol de 10 à 35.. | 27 | 493 | 520 | 22 | 132 | 154 | 322 | 4 |
| — de 35 à 50... | 195 | 257 | 452 | 295 | 88 | 383 | 164 | 1 |

## Analyse chimique de la terre fine sèche

| Numéros des échantillons | Calcaire | Azote | Acide phosphorique | Potasse | Chaux | Magnésie |
|---|---|---|---|---|---|---|
| | °/₀₀ | °/₀₀ | °/₀₀ | °/₀₀ | °/₀₀ | °/₀₀ |
| 8. Sol de 0 à 30....... | Traces | 1.12 | 0,35 | 1,28 | 3,3 | 1,86 |
| Sous-sol de 30 à 50.. | — | 1,19 | 0,10 | 2,28 | 5,0 | 2.02 |
| 9. Sol de 0 à 20....... | — | 1,75 | 0,41 | 1,02 | 6,1 | 2,7 |
| Sous-sol de 20 à 40.. | — | 1,15 | 0,39 | 0,95 | 4,4 | 1,9 |
| 10. Sol de 0 à 10....... | — | 1,70 | 0,25 | 1,11 | 4,9 | 1,77 |
| Sous-sol de 10 à 20.. | — | 0,72 | 0,10 | 0,88 | 1,85 | 1,84 |
| Sous-sol de 20 à 40.. | — | 0,69 | 0,39 | 1,25 | 0,30 | 2,0 |
| Sous-sol de 40 à 60.. | — | 0,74 | 0,25 | 1,54 | 3,56 | 2,56 |
| 11. Sol de 0 à 20....... | — | 1,25 | 0,37 | 0,95 | 3,3 | 1,95 |
| Sous-sol de 20 à 40.. | — | 0,68 | 0,28 | 1,03 | 3,3 | 2,60 |
| 12. Sol de 0 à 25........ | — | 0,75 | 0,22 | 1,27 | 2,26 | 1,46 |
| 13. Sol de 0 à 30....... | — | 0,97 | 0,59 | 1,55 | 3.15 | 2,0 |
| 33. Sol de 0 à 20....... | — | 0,78 | 0,25 | 1,88 | 1,4 | » |
| 14. Sol de 0 à 25........ | — | 1,20 | 0,47 | 2,12 | 0,88 | 0,94 |
| Sous-sol de 25 à 50.. | — | 0,53 | 0,33 | 1,56 | 0,14 | 0,86 |
| 28. Sol de 0 à 20....... | — | 1,42 | 0,19 | 4,46 | 4,63 | 0,16 |
| 61, Sol de 0 à 30........ | — | 0,95 | 0,41 | 2,36 | 1,87 | 0,15 |
| Sous-sol de 30 à 55.. | — | 0,69 | 0,32 | 1,78 | 0,85 | 1,58 |
| 35. Sol de 0 à 30........ | — | 1,21 | 0,53 | 2,69 | 5,17 | 1,69 |
| 7. Sol de 0 à 40....... | 0,4 | 0,65 | 0.53 | 1,98 | 7,3 | 1,04 |
| 1. Sol de 0 à 10....... | 1,45 | 2.7 | 0,57 | 4,4 | 18,7 | 5,4 |
| Sous-sol de 10 à 50.. | 4,9 | 0,6 | 0,34 | 3,0 | 27,0 | 2,1 |
| Sous-sol de 35 à 50.. | 49,0 | 0,35 | 0,61 | 2,28 | 2.64 | 7,3 |

## Analyse chimique de la terre complète sèche

| Numéros des échantillons | Calcaire | Azote | Acide phosphorique | Potasse | Chaux | Magnésie |
|---|---|---|---|---|---|---|
| | ‰ | ‰ | ‰ | ‰ | ‰ | ‰ |
| 8. Sol de 0 à 30........ | Traces | 1,04 | 0,32 | 1,19 | 3,1 | 1,73 |
| Sous-sol de 30 à 50 .. | — | 1,09 | 0,10 | 2,09 | 4,6 | 1,75 |
| 9. Sol de 0 à 20........ | — | 1,72 | 0,40 | 1,00 | 6,0 | 2,66 |
| Sous-sol de 20 à 40.. | — | 1,08 | 0,36 | 0,89 | 4,1 | 1,78 |
| 10. Sol de 0 à 10...... . | — | 1,62 | 0,24 | 1,06 | 4,7 | 1,69 |
| Sous-sol de 10 à 20.. | — | 0,68 | 0,1 | 0,71 | 1,48 | 1,47 |
| Sous-sol de 20 à 40.. | — | 0,38 | 0,21 | 0,69 | 0,16 | 1,10 |
| Sous-sol de 40 à 60.. | — | 0,59 | 0,20 | 1,22 | 2,82 | 2,03 |
| 11. Sol de 0 à 20........ | — | 1,00 | 0,29 | 0,76 | 2,6 | 1,55 |
| Sous-sol de 20 à 40.. | — | 0,66 | 0,27 | 1,00 | 3,2 | 2,5 |
| 12. Sol de 0 à 25........ | — | 0,65 | 0,19 | 1,10 | 1,96 | 1,26 |
| 13. Sol de 0 à 30........ | — | 0,93 | 0,56 | 1,49 | 3,20 | 1,92 |
| 33. Sol de 0 à 20........ | — | 0,52 | 0,17 | 1,25 | 0,94 | |
| 14. Sol de 0 à 25........ | — | 1,13 | 0,44 | 2,00 | 0,83 | 0,89 |
| Sous-sol de 25 à 50.. | — | 0,51 | 0,32 | 1,50 | 0,13 | 0,83 |
| 28. Sol de 0 à 20 ....... | — | 1,12 | 0,15 | 3,50 | 3,64 | 0,13 |
| 61. Sol de 0 à 30......... | — | 0,88 | 0,38 | 2,19 | 1,71 | 0,14 |
| Sous-sol de 30 à 55.. | — | 0,64 | 0,30 | 1,65 | 0,14 | 1,47 |
| 35. Sol de 0 à 30........ | — | 1,17 | 0,51 | 2,60 | 5,0 | 1,63 |
| 7. Sol de 0 à 40........ | 0,37 | 0,60 | 0,49 | 1,82 | 6,7 | 0,95 |
| 1. Sol de 0 à 10........ | 1,41 | 2,6 | 0,56 | 4,30 | 18,3 | 5,3 |
| Sous-sol de 10 à 35.. | 4,20 | 0,51 | 0,29 | 2,52 | 22,8 | 1,8 |
| Sous-sol de 35 à 50.. | 36,6 | 0,26 | 0,53 | 1,70 | 198 | 5,46 |

du sable grossier sont diminuées, la terre devient un peu plus forte, le travail y est cependant toujours facile. Grâce à l'humus, qui existe souvent dans ces terres en quantités assez grandes au moment du défrichement, l'argile est partiellement coagulée et la terre paraît améliorée.

De plus le sous-sol est généralement très compact, ainsi dans l'échantillon 8, la compacité était telle à 40 cm. de profondeur que les racines de la vigne ne pouvaient y pénétrer. Les défoncements, en ameublissant le sol sur une profondeur notable, permettent aux plantes d'utiliser un cube de terre plus grand, et par suite de se développer plus facilement.

Dans certains cas, l'argile peu perméable du sous-sol, forme comme une sorte de cuvette, on rencontre alors sur les plateaux où se développe cette formation des parties marécageuses. Le travail du sol est quelquefois rendu difficile par suite de l'excès d'humidité ; d'autre part cet excès d'humidité favorise souvent le développement de champignons redoutables tels que le pourridié.

L'établissement de quelques drains, opération qui serait en général facile, par suite de la situation relativement élevée de ces parties marécageuses, éviterait ces inconvénients.

Les doses d'azote et d'humus, contenues dans les terres non encore cultivées, sont assez grandes : on a de 12 à 16 grammes d'humus dans les éch. 9, 10, 11, 14, et même 23 grammes dans le sol de l'éch. 1 ; pour l'azote, on en a de 1 gr. 20 à 1 gr. 75 dans les premiers, et 2 gr. 7 dans le dernier. Elles sont donc relativement riches en azote.

Dans les parties cultivées, on trouve encore des doses assez importantes d'humus, variant de 3 à 10 grammes dans le sol, d'autant plus faibles que le sol est cultivé depuis plus longtemps (7, 28, 61).

L'azote est aussi en général moins abondant ; certaines terres en ont, malgré la culture, conservé une dose suffisante (8, 13, 28, 61, 35) voisine de 1 gramme, ou même supérieure ; dans d'autres, au contraire, la dose d'azote est insuffisante (12, 33, 7).

Comme nous l'avons déjà fait remarquer plusieurs fois, l'humus est un précieux élément de fertilité qu'il importe de conserver dans le sol. On obtient ce résultat en utilisant le fumier comme engrais ; malheureusement, cet engrais est presque toujours produit en quantité insuffisante, dans les exploitations du Sahel. Les gadoues d'Alger peuvent le remplacer, mais les frais de transport et de triage élèvent beaucoup leur prix de revient. L'emploi des engrais verts conduit au même résultat, et si on utilise, à cet effet, des légumineuses, on réalise en même temps une fumure azotée relativement peu coûteuse.

Cette pratique s'impose dans les parties cultivées depuis longtemps. Dans les parties récemment défrichées, on peut attendre quelques années avant de l'appliquer, mais il ne faudra pas laisser l'épuisement se réaliser.

D'autre part, par suite du manque de calcaire, l'azote de ces terres ne se nitrifie que lentement, et bien que les végétaux puissent utiliser les diverses formes d'azote organique, qui se solubilisent dans le sol, les nitrates sont les meilleurs aliments. Il y a donc intérêt à faciliter la nitrification par le chaulage.

Toutefois, comme le chaulage facilite l'épuisement du sol en azote, il sera prudent de ne l'utiliser, dans les terres cultivées depuis longtemps, que conjointement avec une fumure par les engrais verts. Pour les terres récemment défrichées, au contraire, il pourra être pratiqué seul, mais il ne faudra pas oublier que pour pallier à l'épuisement qu'il provoque, il sera nécessaire d'appliquer largement la loi de restitution.

Les terres de cette formation sont pauvres en acide phosphorique, celles qui en contiennent le plus en ont seulement 0 gr. 6 par kilog. de terre fine ; certaines en ont à peine 0 gr. 2 dans le sol, et le sous-sol est souvent encore plus pauvre.

Dans les terres caillouteuses, la valeur alimentaire est réduite, et quelquefois grandement, par la présence de ces matières inertes que constituent les cailloux et les graviers.

Les engrais phosphatés complémentaires sont donc nécessaires ; ce sont les scories qui seront les plus convenables.

La potasse présente des variations plus grandes que l'acide phosphorique ; quelquefois les terres sont riches (plus de 4 gr. dans les éch. 28 et 1 sol) ; d'autres, au contraire, même non cultivées, sont pauvres comme l'échantillon 10 qui contient en moyenne, dans la couche de 0 à 60, seulement 0 gr. 92 par kg.

Il sera donc souvent utile d'avoir aussi recours aux engrais potassiques.

Les terres relativement argileuses sont généralement riches, celles qui le sont peu sont au contraire pauvres : c'est dans ces dernières surtout qu'ils sont nécessaires.

La chaux et la magnésie n'existent dans ces sols qu'à l'état de silicates complexes, plus ou moins facilement assimilables, et en proportions très variables, mais souvent trop faibles pour assurer l'alimentation des plantes en ces éléments. La chaux et les amendements calcaires agiront donc aussi comme engrais calcaires. Les engrais magnésiens pourront quelquefois être utiles.

Enfin, on ne trouve encore que des traces d'acide sulfurique dans ces terres. Les considérations que nous avons développées à ce sujet pour toutes les autres formations devraient être répétées.

Cette formation devait recouvrir, autrefois, d'un manteau très large, les principales hauteurs du Sahel : elle ne subsiste aujourd'hui, comme on le voit sur la carte, avec une étendue un peu considérable, que sur le plateau d'Ouled-Fayet. Mais on en trouve des lambeaux, quelquefois importants, d'autres fois réduits à de simples taches, sur de nombreux points. Ces lambeaux reposent sur les formations plus anciennes : argiles sahéliennes, marnes plaisanciennes, terres de la mollasse, grès de l'Oued-Kerma ou d'El-Achour. Toutes les terres qui proviennent de ces formations sont relativement plus riches en acide phosphorique que celles qui dérivent de $p'_a$ ; aussi les mélanges, qui résultent du voisinage de cette formation avec les autres, sont caractérisés par leur faiblesse relative en acide phosphorique.

Nous avons eu l'occasion de signaler plusieurs cas de ce genre, en particulier, l'échantillon n° 1, mélange de $p$, et $p'_a$ (page 37), et aussi des mélanges de $m'$ et $p'_a$ (page 32), de $p$,$^a$ et $p'_a$ (page 45).

Souvent aussi, cette formation est en relation étroite avec les sables rouges de Birkadem $p'$. La composition chimique et physique de ces terres ne diffère pas sensiblement ; ce qui les distingue surtout, c'est la présence des sables et graviers : ils sont toujours plus ou moins abondants dans $p'_a$, tandis que $p'$ n'en contient que des proportions très faibles. Enfin le sol est généralement plus profond dans $p'$ que dans $p'_a$.

## p'ᵦ Grès coquilliers de Chéraga

Cette formation géologique n'existe pas dans le Sahel central proprement dit, ce n'est qu'aux environs de Chéraga, et surtout au Sud du village, qu'elle est apparente.

Sur les quatre échantillons qui ont été prélevés, deux appartiennent, sans doute possible, à cette formation (43 et 53), les deux autres pris sur les bords (mal délimités) paraissent être modifiés par les marnes sahéliennes (m') qui lui servent de support.

Nous ne saurions donc tirer des conclusions générales de ces analyses, nous nous proposons d'ailleurs d'y revenir en étudiant la région occidentale du Sahel d'Alger.

Tout ce que nous allons dire ne s'applique qu'à ces quatre terres.

Les proportions de cailloux et de graviers ne sont pas assez grandes, pour qu'on puisse les considérer comme caillouteuses, mais leur influence sur le pouvoir alimentaire n'est cependant pas négligeable, ainsi que le montrent les résultats relatifs à la terre fine et à la terre complète.

Elles sont calcaires, les deux premières relativement peu, les dernières beaucoup plus.

Dans le sol les proportions d'argile sont plus grandes que dans la terre franche ; l'échantillon 51 (modifié par la présence de m') peut être considéré comme argileux, les autres sont d'un travail facile et bon.

Le sous-sol est en général plus argileux, sauf 52 où les proportions de sable fin calcaire sont considérables, 541 gr. par kg., et qui doit par conséquent être très chlorosant.

L'échantillon 43, en culture depuis longtemps, a encore une richesse en azote suffisante ; les autres, prélevés dans des parties non défrichées, sont riches, et la présence du calcaire permettra l'assimilation facile de ces réserves.

L'acide phosphorique est en déficit dans les deux premiers, les deux autres ont une richesse suffisante, au moins dans le sol. Les superphosphates sont ici tout indiqués.

La potasse est en quantité plus que suffisante, sauf dans 53 ; la magnésie en proportions variables, n'est en déficit que dans 43.

L'acide sulfurique fait encore défaut, dans les sols riches en humus, comme les trois derniers, le plâtre aurait une action précieuse, non seulement parce qu'il apporterait l'acide sulfurique nécessaire aux végétaux, mais encore parce qu'il mobiliserait la potasse qui y est relativement abondante.

## Analyse mécanique

| Numéros des échantillons | Cailloux | Graviers | Terre fine |
|---|---|---|---|
| 43. Sol de 0 à 30............. | 9 | 39 | 952 |
| Sous-sol de 30 à 60....... | 0 | 7 | 993 |
| 53 Sol de 0 à 30............. | 17 | 75 | 908 |
| Sous-sol de 30 à 50....... | 2 | 97 | 901 |
| 51. Sol de 0 à 35. ........... | 90 | 36 | 874 |
| Sous-sol de 35 à 60....... | 0 | 6 | 994 |
| 52 Sol de 0 à 20............. | 86 | 31 | 883 |
| Sous-sol de 20 à 50....... | 16 | 44 | 940 |

## Analyse physique

| Numéros des échantillons | Sable grossier | | | Sable fin | | | Argile | Humus |
|---|---|---|---|---|---|---|---|---|
| | calcaire | non calc. | total | calcaire | non calc. | total | | |
| 43. Sol de 0 à 30....... | 8 | 423 | 431 | 26 | 266 | 292 | 272 | 5 |
| Sous-sol de 30 à 60. | 1 | 334 | 335 | 1 | 324 | 325,4 | 336 | 4 |
| 53. Sol de 0 à 30....... | 15 | 488 | 503 | 11 | 184 | 195 | 286 | 16 |
| Sous-sol de 30 à 60. | 0 | 494 | 491 | 4 | 180 | 184 | 303 | 14 |
| 51. Sol de 0 à 35...,... | 40 | 169 | 209 | 206 | 225 | 431 | 354 | 6 |
| Sous-sol de 35 à 60. | 25 | 29 | 54 | 245 | 196 | 441 | 502 | 3 |
| 52. Sol de 0 à 20....... | 37 | 209 | 246 | 110 | 195 | 305 | 435 | 14 |
| Sous-sol de 20 à 50. | 57 | 55 | 112 | 541 | 144 | 685 | 199 | 4 |

## Analyse chimique de la terre fine sèche

| Numéros des échantillons | Calcaire | Azote | Acide phosphorique | Potasse | Chaux | Magnésie |
|---|---|---|---|---|---|---|
| | °/° | °/₀₀ | °/₀₀ | °/₀₀ | °/₀₀ | °/₀₀ |
| 43. Sol de 0 à 30 ...... | 3,4 | 1,15 | 0,41 | 2,40 | 28,8 | 0,37 |
| Sous-sol de 30 à 60. | 0,14 | 0,95 | 0,34 | 2,24 | 6,35 | 0,52 |
| 53. Sol de 0 à 40... ... | 5,0 | 2,37 | 0,67 | 1,99 | 27,7 | 1,17 |
| Sous-sol de 30 à 50. | 4,0 | 2,09 | 0,68 | 1,60 | 9,6 | 2,00 |
| 51. Sol de 0 à 35....... | 24,6 | 2,0 | 1,25 | 2,61 | 140 | 2,88 |
| Sous-sol de 20 à 50. | 27,0 | 1,07 | 1,35 | 1,77 | 156 | 1,70 |
| 52. Sol de 0 à 20....... | 14,6 | 3,53 | 1,08 | 2,93 | 92 | 1,91 |
| Sous-sol de 20 à 50. | 59,8 | 1,05 | 0,43 | 1,35 | 360 | 3,77 |

## Analyse chimique de la terre complète sèche

| Numéros des échantillons | Calcaire | Azote | Acide phosphorique | Potasse | Chaux | Magnésie |
|---|---|---|---|---|---|---|
| 43. Sol de 0 à 30....... | 3,26 | 1.10 | 0,39 | 2,30 | 27,6 | 0,35 |
| Sous-sol de 30 à 60. | 0,14 | 0,95 | 0,34 | 2,24 | 6,35 | 0,52 |
| 53. Sol de 0 à 30....... | 4,2 | 2,0 | 0,56 | 1,68 | 23,4 | 0,99 |
| Sous-sol de 30 à 60. | 3,6 | 1,77 | 0.58 | 1,35 | 8,04 | 1,82 |
| 51. Sol de 0 à 30....... | 21,4 | 1,74 | 1,09 | 2,27 | 116 | 2,51 |
| Sous-sol de 30 à 60. | 27,0 | 1,07 | 1.35 | 1,77 | 156 | 1,70 |
| 52. Sol de 0 à 20....... | 12,2 | 2,92 | 0,90 | 2,42 | 76 | 1,58 |
| Sous-sol de 20 à 50. | 53,7 | 0,92 | 0,37 | 1,24 | 315 | 3,28 |

## p'$_d$. Grès et sables du plateau de Guyotville

Cette formation géologique ne se rencontre, dans le Sahel central, qu'au Nord de Chéraga, c'est dans cette région qu'ont été prélevés les échantillons que nous avons analysés. Elle forme dans la partie Ouest du Sahel, deux larges bandes : l'une couvre le plateau de Guyotville, l'autre lui fait face de l'autre côté du ravin creusé par le Beni-Messous, et se prolonge jusqu'à la Trappe.

Les terres qui lui correspondent sont constituées par des sables rouges contenant très peu de cailloux et de graviers, conséquence de leur origine éolienne. Les résultats relatifs à la terre complète ne diffèrent donc pas sensiblement de ceux relatifs à la terre fine.

Elles sont, comme celles provenant des formations précédentes : $p'^a$, $p'$, $p'^c$, presque totalement dépourvues de calcaire, et présentent aussi avec elles d'étroites analogies.

La composition physique du sol est voisine de celle de la terre franche, mais le calcaire manque ; le sous-sol est plus argileux, moins perméable, de teinte jaunâtre.

Tout ce que l'on a dit pour les terres de ces formations est applicable à celles-ci : la chaux modifiera utilement les propriétés physiques, etc.

Au point de vue chimique, elles sont pauvres en tous les éléments nutritifs.

Cette pauvreté n'est pas un fait consécutif à la culture ; l'échantillon 40 pris dans une parcelle non défrichée à l'ombre d'un olivier, c'est-à-dire dans une situation relativement bonne pour la conservation de l'humus, en contient seulement 6 gr. par kg. avec 1 gr. 06 d'azote. La quantité d'azote accumulée par la végétation spontanée dans ces sols, avant le défrichement, était juste suffisante pour assurer la nutrition ; il n'est donc pas étonnant de voir l'azote osciller entre 0,48 et 0,70 dans les sols cultivés depuis longtemps.

Tous les engrais doivent intervenir ici :

Si on n'améliore pas ces sols par le chaulage, le nitrate sera parmi les engrais le meilleur engrais azoté (le sulfate d'ammoniaque, la cyanamide ne doivent pas être employés dans les sols qui ne contiennent pas de calcaire). Les engrais organiques ne s'y décomposeront que difficilement, la nitrification y étant très lente ; le fumier, grâce à son alcalinité sera le plus actif de tous ; les engrais verts saupoudrés de chaux (ou de scories) au moment de leur enfouissement seront particulièrement utiles.

Les scories seront les meilleurs engrais phosphatés ; le sulfate de potasse, le meilleur engrais potassique, car l'acide sulfurique fait encore défaut.

## Analyse mécanique

| Numéros des échantillons | Cailloux | Graviers | Terre fine |
|---|---|---|---|
| 36. Sol de 0 à 35 ............. | 3 | 10 | 987 |
| Sous-sol de 35 à 70 ....... | 1 | 17 | 982 |
| 37. Sol de 0 à 30 ............. | 1 | 18 | 981 |
| Sous-sol de 30 à 35 ....... | 5 | 24 | 971 |
| Sous-sol de 55 à 70 ....... | 0 | 18 | 982 |
| 38. Sol de 0 à 30 ............. | 2 | 15 | 983 |
| Sous-sol de 30 à 60 ....... | 2 | 11 | 987 |
| 39. Sol de 0 à 30 ............. | 2 | 14 | 984 |
| Sous-sol de 30 à 60 ....... | 1 | 20 | 979 |
| 40. Sol de 0 à 30 ... ........ | 2 | 14 | 984 |
| 41. Sol de 0 à 30 ............. | 10 | 25 | 965 |
| Sous-sol de 30 à 60 ....... | 14 | 21 | 965 |
| 49 Sol de 0 à 40 ............. | 0 | 62 | 938 |

## Analyse physique

| Numéros des échantillons | Sable grossier | | | Sable fin | | | Argile | Humus |
|---|---|---|---|---|---|---|---|---|
| | calcaire | non calc. | total | calcaire | non calc. | total | | |
| 36. Sol de 0 à 35 ....... | 0 | 635 | 635 | 0 | 168 | 168 | 195 | 2 |
| Sous-sol de 35 à 70. | 0 | 659 | 659 | 0 | 175 | 175 | 165 | 1 |
| 37. Sol de 0 à 30 ....... | 0 | 495 | 495 | 0 | 284 | 284 | 219 | 2 |
| Sous-sol de 30 à 55. | 0 | 492 | 492 | 0 | 284 | 284 | 223 | 1 |
| Sous-sol de 55 à 70 | 0 | 403 | 403 | 0 | 284 | 284 | 010 | 1 |
| 38. Sol de 0 à 30 ....... | 0 | 722 | 722 | 0 | 204 | 204 | 71 | 3 |
| Sous-sol de 30 à 60. | 0 | 664 | 664 | 0 | 210 | 210 | 124 | 2 |
| 39. Sol de 0 à 30 ....... | 0 | 392 | 392 | 0 | 254 | 254 | 353 | 1 |
| Sous-sol de 30 à 60. | 0 | 354 | 354 | 0 | 247 | 247 | 398 | 0,5 |
| 40. Sol de 0 à 30 ....... | 0 | 586 | 586 | 0 | 265 | 265 | 143 | 6 |
| 41. Sol de 0 à 30 ....... | 0 | 622 | 622 | 0 | 255 | 255 | 121 | 2 |
| Sous-sol de 30 à 60. | 0 | 492 | 492 | 0 | 246 | 246 | 260 | 2 |
| 49. Sol de 0 à 40.. .... | 0 | 716 | 716 | 0 | 121 | 121 | 162 | 1 |

## Analyse chimique de la terre fine sèche

| Numéros des échantillons | Calcaire | Azote | Acide phosphorique | Potasse | Chaux | Magnésie |
|---|---|---|---|---|---|---|
| | ‰ | ‰ | ‰ | ‰ | ‰ | ‰ |
| 36. Sol de 0 à 35........ | Traces | 0,49 | 0,12 | 1,11 | 1,51 | 0,1 |
|     Sous-sol de 35 à 70.. | — | 0,64 | 0,31 | 1,34 | 1,79 | |
| 37. Sol de 0 à 30........ | — | 0,72 | 0.35 | 1,85 | 2,45 | |
|     Sous-sol de 30 à 55.. | — | 0,42 | 0,26 | 1,75 | 1,69 | 0,65 |
|     Sous-sol de 55 à 70.. | — | 0,50 | 0 28 | 2,00 | 2,20 | |
| 38. Sol de 0 à 30.... ... | — | 0 53 | 0,30 | 1,20 | 0,84 | |
|     · Sous-sol de 30 à 60.. | — | 0,39 | 0,23 | 1,35 | 1.70 | |
| 39. Sol de 0 à 30........ | — | 0,69 | 0,27 | 2,10 | 2,00 | |
|     Sous-sol de 30 à 60.. | — | 0,39 | 0,27 | 2,40 | 1,70 | 0,36 |
| 40. Sol de 0 à 30........ | — | 1,18 | 0,11 | 1,66 | 2,85 | 0,61 |
| 41. Sol de 0 à 30........ | — | 0,71 | 0,10 | 1,42 | 1,73 | |
|     Sous-sol de 30 à 60.. | — | 0,56 | 0,34 | 1,78 | 2,23 | |
| 49. Sol de 0 à 40........ | — | 0,39 | 0,35 | 1,03 | 1,42 | 0,73 |

## Analyse chimique de la terre complète sèche

| Numéros des échantillons | Calcaire | Azote | Acide phosphorique | Potasse | Chaux | Magnésie |
|---|---|---|---|---|---|---|
| | ‰ | ‰ | ‰ | ‰ | ‰ | ‰ |
| 36. Sol de 0 à 30........ | Traces | 0,48 | 0,12 | 1,10 | 1,49 | 0,1 |
|     Sous-sol de 35 à 60.. | — | 0.63 | 0,30 | 1,31 | 1.75 | |
| 37. Sol de 0 à 30........ | — | 0,70 | 0,34 | 1,81 | 2,40 | |
|     Sous-sol de 30 à 55 . | — | 0,41 | 0,25 | 1,70 | 1,64 | 0,62 |
|     Sous-sol de 55 à 70.. | — | 0,49 | 0,27 | 1,95 | 2,15 | |
| 38. Sol de 0 à 30........ | — | 0,52 | 0,29 | 1,18 | 0 83 | |
|     Soul-sol de 30 à 60.. | — | 0,38 | 0,27 | 1,32 | 1,67 | |
| 39. Sol de 0 à 30........ | — | 0,68 | 0,27 | 2,06 | 1,97 | |
|     Sous-sol de 30 à 60 . | — | 0,38 | 0,26 | 2,35 | 1,67 | 0,35 |
| 40. Sol de 0 à 30....... . | — | 1,06 | 0,11 | 1,58 | 2,70 | 0,57 |
| 41. Sol de 0 à 30...... . | — | 0,63 | 0,10 | 1,37 | 1,67 | |
|     Sous-sol de 30 à 60.. | — | 0,54 | 0,33 | 1,72 | 2,15 | |
| 49. Sol de 0 à 40........ | — | 0,37 | 0,33 | 0,99 | 1,33 | 0,68 |

Le plâtre, apportant à la fois de la chaux et de l'acide sulfurique, jouera un double rôle alimentaire, mais il ne faudra pas compter sur lui pour mobiliser de grandes quantités de potasse dans ces sols qui n'en contiennent, en général, que des réserves relativement faibles.

La magnésie, aussi, est en déficit : la kaïnite, apportant à la fois de la potasse, de la magnésie, et de l'acide sulfurique, pourrait être utilement employée.

L'échantillon 49 a été prélevé dans une tache sablonneuse, située au milieu d'une étendue assez considérable de marnes plaisanciennes, à l'Ouest de Chéraga : c'est en nous basant, seulement, sur l'aspect et les analyses mécanique et physique, (car les grès ne sont pas apparents dans son voisinage) que nous l'avons rangé dans cette formation ; l'analyse chimique justifie, comme on le voit, cette manière de voir.

# RÉSUMÉ ET CONCLUSIONS

Nous avons étudié les sols de la région centrale du Sahel, en prenant pour guide la carte géologique.

Les résultats que nous avons obtenus nous paraissent intéressants, tant au point de vue théorique, qu'au point de vue pratique.

Les diverses formations géologiques ont subi, depuis leur origine, tellement de modifications, qu'on est souvent porté à croire qu'elles ne peuvent donner que des indications très vagues sur la valeur agricole des sols. Sans partager ces vues, nous étions loin d'espérer, au début de nos recherches, des résultats aussi concordants que ceux que nous avons obtenus.

Dans une même formation géologique, les sols présentent souvent des différences notables dans leur constitution physique, il est bien certain qu'il ne peut pas en être autrement.

Dans les éléments nutritifs, on rencontre aussi des différences entre les teneurs en azote et en humus des sols de même origine ; ce sont les conditions culturales qui sont la cause de ces différences.

La concordance est plus grande pour les éléments minéraux : c'est ainsi qu'on peut dire que toutes les argiles sahéliennes ont une teneur en calcaire voisine de 20 °/₀ ; que tous les sols, argilo-sablonneux ou sablonneux, dérivés des formations : $p_c'$, $p'$, $p'_a$ et $p'_d$ sont toujours très pauvres en calcaire.

La teneur en acide phosphorique ne varie aussi que dans des limites restreintes : on peut dire, par exemple, que tous les dérivés de $m^i$ ont une richesse suffisante, qu'au contraire ceux de $p'$, $p'_a$, $p_c'$, $p'_d$ sont toujours très pauvres.

Les sols qui proviennent de deux formations ont une constitution intermédiaire : l'aspect extérieur, la nature des cailloux et des graviers permettent de reconnaître très souvent si on a affaire à un tel mélange, et on peut en déduire facilement des indications sur la teneur en acide phosphorique.

La potasse varie dans des proportions plus larges, mais dans une même formation, les sols les plus argileux sont toujours plus riches que les autres. Ici encore le rapprochement des propriétés physiques et des résultats que nous avons consignés peut donner des indications utiles.

Au point de vue pratique, ces recherches permettront, dans bien des cas, de pratiquer des fumures rationnelles, et par suite de maintenir la fertilité du sol.

Sans avoir la prétention de faire une étude agronomique, pour laquelle nous manquons de nombreux éléments indispensables, il nous paraît cependant utile d'indiquer la marche à suivre pour établir une formule d'engrais en rapport avec la constitution chimique du sol et les plantes qu'on y cultive.

Nous prendrons comme exemple la culture de la vigne, qui est la plus répandue dans le Sahel.

Les quantités d'éléments fertilisants exportées tous les ans ont été déterminées par divers expérimentateurs, dans des régions différentes : les résultats varient avec le cépage, l'espacement des souches, leur âge, la vigueur de la vigne, le poids de la récolte, la nature du sol.

D'après M. Müntz, les exportations seraient, pour une production de 75 hectolitres par hectare (production moyenne des vignes du Sahel), les suivantes :

|  | Azote | Acide phosphorique | Potasse | Chaux | Magnésie |
|---|---|---|---|---|---|
| Vins (75 hectol.)..... | 1,5 | 2,25 | 7,5 | 1,5 | 1,5 |
| Marc (1.125 kgs)..... | 11,25 | 3,37 | 5,6 | 5,6 | 1,17 |
| Feuilles (3.000 kgs)... | 24 | 4,8 | 8,4 | 72 | 8,4 |
| Sarments (3.000 kgs). | 6 | 1,2 | 9 | 15,5 | 2,4 |
|  | 42,75 | 11,62 | 30,5 | 94,6 | 13,47 |

Des expériences de M. Dugast, directeur de la Station Agronomique d'Alger, dans un vignoble de Maison-Carrée, on peut déduire, pour l'aramon et la clairette et pour la même production de 75 hectolitres, les données suivantes où on tient compte du développement de la souche et des racines :

### ARAMON

|  | Azote | Acide phosphorique | Potasse |
|---|---|---|---|
| Vin ................... | 1,5 | 2,25 | 7,5 |
| Marc ................. | 9,1 | 2,70 | 11,9 |
| Feuilles (3.500 kgs)...... | 28,7 | 4,3 | 14,1 |
| Sarments (2.600 kgs)..... | 5,6 | 1,5 | 8,1 |
| Racines et souches ....... | 3,2 | 0,85 | 2,26 |
|  | 48,1 | 11,60 | 43,86 |

## CLAIRETTE

|  | Azote | Acide phosphorique | Potasse |
|---|---|---|---|
| Vin ................. .. | 1,5 | 2,25 | 7,5 |
| Marc ................. ... | 10,6 | 3,30 | 16,8 |
| Feuilles (3.300 kgs)...... | 24,2 | 3,6 | 8,8 |
| Sarmènts (2.200 kgs)..... | 3,8 | 1,8 | 5,8 |
| Racines et souches ....... | 4,1 | 0,70 | 1,88 |
|  | 44,2 | 11,65 | 40,78 |

On remarque tout de suite que les quantités d'éléments fertilisants contenues dans le vin sont excessivement faibles. Si donc tous les résidus : lies, marcs, sarments, feuilles, retournaient au sol, l'épuisement serait négligeable.

Il n'en est pas ainsi : les feuilles tombent bien sur le sol, mais le vent les emporte avec la plus grande facilité, et lorsqu'on parcourt les vignes quelque temps après leur chute, il est bien rare d'y en voir : elles se sont accumulées dans les ravins ou dans les haies qui bordent les chemins.

Les sarments sont le plus souvent exportés comme combustible ; leur vente couvre d'ailleurs à peine les frais de ramassage. Quelquefois on les brûle sur place ; il n'est pas rare de voir les cendres qui en proviennent abandonnées sur les chemins, où a été faite la combustion. Il y aurait grand intérêt à les ramasser et à les épandre sur la vigne afin d'utiliser la potasse qu'elles contiennent.

Le broyage et l'emploi comme litière sont la meilleure utilisation qu'on puisse en faire : tous les éléments fertilisants qu'ils contiennent se retrouvent dans le fumier.

Les marcs sont souvent vendus aux distillateurs ; si on peut les distiller soi-même, on devra se souvenir que la vinasse qui s'écoule des chaudières, après l'épuisement de l'alcool, contient la majeure partie de la potasse du marc, au lieu de la laisser se perdre, il faut la recueillir et la verser avec le marc sur le tas de fumier.

On sait que les marcs se décomposent très lentement, s'ils sont directement utilisés comme engrais ; leur incorporation dans le fumier rendra cette décomposition plus facile. Mais l'acidité du marc gène les fermentations du fumier, on facilitera encore plus leur décomposition en ajoutant de la chaux ou des scories, ces dernières seront recommandables dans les exploitations où le sol est pauvre en acide phosphorique.

Nous ne pouvons examiner ici tous les cas qui peuvent se présenter, selon que l'on utilise plus ou moins bien les divers résidus de la culture : nous supposerons que tous les produits sont exportés.

Les chiffres qui précèdent permettent d'ailleurs dans chaque cas de se faire une idée suffisamment approximative des restitutions partielles effectuées soit par le marc, soit par les sarments par exemple.

Nous nous baserons sur les résultats de M. Dugast, qui se rapprochent plus des conditions locales, et nous prendrons la moyenne approchée des deux déterminations : nous dirons qu'une production de 75 hl. enlève en moyenne

> 46 kgs d'azote
> 12 kgs d'acida phosphorique
> 42 kgs de potasse

Ce sont là les quantités d'éléments nutritifs qu'il *faudrait apporter, tous les ans, pour obéir à la loi de restitution*; elles équivalent à :

> 300 kgs de nitrate, ou à 225 kgs de sulfate d'ammoniaque,
> ou à 380 kgs de sang;
> 75 kgs de superphosphates ou de scories à 16 ou 18 %;
> 85 kgs de sulfate de potasse ou de chlorure de potassium.

Dans un sol suffisamment riche, non-seulement cette restitution maintiendra la fertilité actuelle, mais encore elle l'élèvera sensiblement : on s'en rend compte en remarquant que si ce sol peut sans engrais donner 75 hl., c'est que la vigne peut y trouver, sous une forme assimilable, les quantités d'éléments nécessaires à cette production. Or l'addition d'engrais augmentera sensiblement les doses d'éléments assimilables, et par suite la récolte elle-même.

Pour que cette action soit aussi grande que possible, il faut que les engrais soient uniformément répartis dans le sol : l'épandage sur toute la surface et l'enfouissement par le labour réalisent le mieux ces conditions.

La fumure de la vigne n'est souvent pratiquée que tous les deux ou trois ans, ce sont alors des doses doubles ou triples des précédentes qu'il faut utiliser.

On sait que certains engrais, comme les superphosphates s'insolubilisent peu à peu dans le sol, deviennent inactifs; il serait donc préférable de faire annuellement les fumures (cela est d'ailleurs indispensable pour le nitrate).

Remarquons enfin que l'emploi continu des engrais chimiques facilite la décalcarisation du sol, l'humus qui n'est pas restitué tend aussi à disparaître, et bien que le sol ne s'appauvrisse pas, il devient moins apte à soutenir la nutrition.

Il sera donc utile de remplacer au moins partiellement le nitrate, ou le sulfate d'ammoniaque, par des engrais azotés organiques : le sang, les tourteaux peuvent être utilisés ; mais ils ne contiennent que relativement peu de substances organiques et ne suffisent pas à maintenir la conservation de l'humus. Il est vrai que les conditions climatériques du Sahel, favorisent, d'une manière particulièrement heureuse, le développement de la végétation spontanée pendant la période hivernale ; l'incorporation au sol, par le labour, des plantes qui se sont ainsi développées, compense partiellement les pertes d'humus.

Nous avons pu cependant, par la comparaison entre des sols vierges et des sols cultivés, constater la disparition de cet agent de fertilité.

La restitution de l'humus peut être faite par les fumiers. Une dose de 40,000 kgs de fumier apporte en moyenne : 160 kgs d'azote, 120 kgs d'acide phosphorique et 200 kgs de potasse, c'est-à-dire des quantités d'éléments fertilisants supérieurs (sauf pour l'azote) à celles qui sont nécessaires, pour la production envisagée ici, pendant une période de trois ans.

Généralement le fumier n'est pas assez abondant pour fumer tout le vignoble ; on peut alors procéder de deux façons :

1° Epandre le fumier sur une partie du vignoble, de façon à y réaliser une fumure analogue à la précédente, et fumer le reste aux engrais chimiques.

2° Epandre le fumier sur toute la surface du vignoble et compléter cette fumure par des apports convenables d'engrais.

C'est le premier procédé qui donne toujours les meilleurs résultats.

On peut enfin, comme nous l'avons indiqué plusieurs fois, effectuer la restitution de l'humus par les engrais verts : les fèves, les lupins, les vesces, le trèfle d'Alexandrie [1], peuvent être utilisés. Ils ont en outre l'avantage de réaliser une fumure azotée. La quantité d'azote ainsi introduite dans le sol dépend évidemment du développement pris par la plante : il y a intérêt à le rendre aussi grand que possible, en fumant la légumineuse. Ce qui nous paraît le plus convenable, c'est d'appliquer, au moment des semailles, la moitié des engrais phosphatés et potassiques ; l'autre moitié sera introduite au moment même de l'enfouissement de l'engrais vert. La vigne pourra alors profiter immédiatement de l'engrais assimilable qu'on lui apporte ainsi, puis peu à peu au fur et à mesure de sa décomposition, de celui qu'apporte l'engrais vert lui-même.

Au moment de la floraison, la plante a déjà absorbé tous les éléments qui lui sont nécessaires, c'est alors qu'on doit l'enfouir. Si on laisse la maturité s'effectuer, la plante devient ligneuse et se décompose ensuite plus difficilement dans le sol Rappelons aussi que dans les sols peu calcaires, il est utile, au moment de

______

(1) Le fenu-grec a été quelquefois utilisé, mais sa végétation est parfois précaire.

l'enfouissement de saupoudrer l'engrais vert de chaux (ou de scories) pour faciliter sa décomposition.

Une récolte de 200 qx de lupin contient dans les feuilles 100 kgs d'azote, les racines en contiennent presque autant ; on conçoit donc que cette pratique puisse permettre de réaliser une économie considérable dans le prix de revient de la fumure : elle dispensera pendant deux ou trois ans de l'apport d'engrais azotés.

Nous avons supposé jusqu'ici, qu'on se proposait de maintenir la fertilité actuelle d'un sol moyennement riche. Mais l'agriculteur doit chercher surtout à produire d'une manière continue, et le plus économiquement possible, la récolte maxima compatible avec les conditions climatériques de sa région ; ou plutôt *la récolte qui donnera le bénéfice le plus grand.*

Pour atteindre ce but, il doit augmenter la dose d'engrais. mais avoir toujours recours à un engrais complet dont la composition doit cependant être différente de celle que nous avons indiquée : ici, on a en vue la production du raisin, les engrais doivent donc être en rapport avec sa composition.

Des tableaux précédents, on peut déduire que la quantité de raisin correspondant à 10 hectolitres de vin contient en moyenne : 1,5 kg d'azote ; 0,7 kg d'acide phosphorique, et 2,9 kg de potasse ; c'est-à-dire les doses d'éléments fertilisants contenues dans

10 kgs de nitrate

4,5 kgs de superphosphate

6 kgs de sulfate de potasse.

Si l'engrais ajouté au sol était complètement utilisé par les plantes, en joignant aux doses d'engrais déjà indiquées pour assurer la restitution, les doses qui précèdent on augmenterait la production de 10 hectolitres. En réalité il n'en est pas ainsi, une grande partie de l'engrais n'est pas immédiatement utilisée par la plante, et il faut tripler ou quadrupler cette dose pour atteindre ce résultat. L'action de l'engrais varie, d'ailleurs, avec les divers sols, dans les sols perméables, elle est en général plus grande, que dans ceux qui le sont peu. L'expérience seule peut donner des renseignements à ce sujet.

En admettant que le tiers seulement de l'engrais soit utilisé (ce qui est un cas, assez fréquent), le tableau suivant indique les excédents de récolte que *peuvent* produire diverses doses d'engrais complémentaires :

| Un excédent de........ | 10 hect. | 20 hect. | 30 hect. | 40 hect. | 50 hect. |
|---|---|---|---|---|---|
| peut être produit par : | | | | | |
| Nitrate de soude....... | 30 kgs. | 60 kgs. | 90 kgs. | 120 kgs. | 150 kgs. |
| Superph. ou scories.... | 15 — | 30 — | 45 — | 60 — | 75 — |
| Sulfate de potasse..... | 18 — | 36 — | 54 — | 72 — | 90 — |

En réunissant ceci à ce qui correspond à la restitution, on a le tableau suivant :

| Engrais à ajouter pour une production de : | 85 hect. | 95 hect. | 100 hect. | 105 hect. | 115 hect. | 125 hect. |
|---|---|---|---|---|---|---|
| Nitrate de soude.... | 330 kgs. | 360 kgs. | 375 kgs. | 390 kgs. | 420 kgs. | 450 kgs. |
| Super ou scories..... | 90 — | 105 — | 112 — | 120 — | 135 — | 150 — |
| Sulfate de potasse... | 103 — | 121 — | 130 — | 139 — | 157 — | 175 — |

Il faut bien remarquer que ce tableau n'est donné qu'à titre d'indication, pour l'établir on a supposé que le tiers de l'engrais complémentaire était absorbé par les plantes : quelquefois au lieu du tiers c'est seulement le quart ou le cinquième : les excédents ne correspondent donc pas forcément à ceux qui y sont indiqués.

De plus l'expérience a montré que lorsqu'on ajoute au sol des doses croissantes d'engrais complémentaires, les excédents de récolte sont d'abord proportionnels aux doses d'engrais, jusqu'à une certaine limite à partir de laquelle ils croissent moins rapidement. Il y a donc dans chaque cas particulier une dose d'engrais qui donne le meilleur rendement en argent.

On ne peut établir cette limite que par des essais méthodiques.

On peut aussi, mais les résultats économiques seront alors bien moins certains, chercher à obtenir, du premier coup, une récolte analogue à celle que l'on a obtenue dans les meilleures années de l'exploitation : en ajoutant les doses d'engrais qui lui correspondent et que l'on déduit (approximativement) du tableau précédent.

Dans les terres profondes du Sahel, il est possible d'obtenir des rendements voisins de 100 hect., on pourra donc prendre comme point de départ la fumure correspondante.

Nous avons uniquement considéré le cas d'une terre moyennement riche en éléments fertilisants, dans le cas des terres riches ou pauvres les formules doivent être modifiées.

Pour les terres riches en azote et en humus, où les actions chimiques et microbiennes sont actives, ou peuvent le devenir par des apports de chaux ou d'engrais basiques comme les scories, on pourra supprimer au début les engrais azotés. Il sera bon, après quelques années de culture, d'en faire une application qui devra être évidemment continuée si elle est rémunératrice.

Même dans les terres moyennement riches les doses d'engrais azotés indiquées plus haut peuvent être réduites de quantités équivalentes à 50 ou 100 kgs de nitrate. Les eaux météoriques apportent au sol des doses d'azote nitrique et ammoniacal qui ne sont pas négligeables, d'autre part pendant l'hiver la végétation qui couvre la surface du sol, peut par l'intermédiaire des légumineuses l'enrichir en azote.

Pour l'acide phosphorique, on ne rencontre que très rarement dans le Sahel des terres riches en cet élément, il ne paraît pas utile de réduire pour lui les doses indiquées ci-dessus.

La potasse est surtout abondante dans les argiles sahéliennes qui en contiennent en moyenne plus de 3 gr. par kg. : dans ces terres on pourra, pendant quelque temps, supprimer les engrais potassiques et les remplacer par du plâtre qui mobilise la potasse du sol et facilite son absorption par les végétaux.

Dans les terres moyennement riches, le plâtre (à la dose de 200 à 300 kgs par hect. et par an) peut ausssi remplacer partiellement les engrais potassiques.

Dans les terres pauvres, il faudra au contraire augmenter les doses d'engrais : généralement on aura de bons résultats en ajoutant aux fumures indiquées un supplément de 100 à 150 kgs de l'engrais correspondant à l'élément qui fait défaut.

On nous excusera d'avoir insisté un peu trop longuement sur cette question ; si nous l'avons fait, c'est parce que les engrais sont souvent utilisés mal à propos, on leur reproche ensuite de donner des mécomptes dont les seuls responsables sont les agriculteurs eux-mêmes.

# TABLE DES MATIÈRES

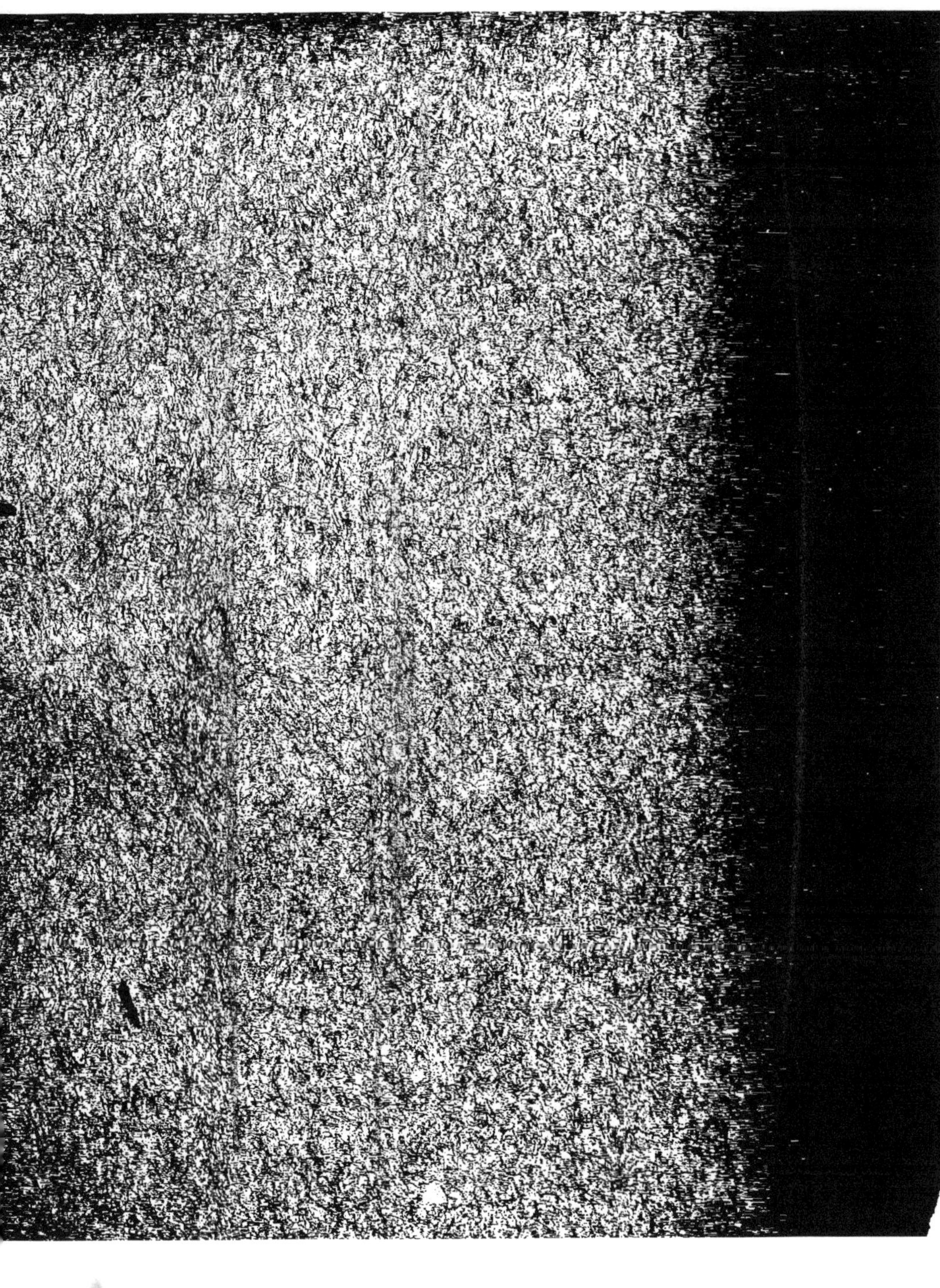